JN126409
◆充功の集団演舞◆
Illustration :
Ryou Mizukane

上司と婚約 Try^2

～男系大家族物語23～

日向唯稀

イラストレーション／みずかねりょう

上司と婚約Try² ～男系大家族物語23～ ◆目次

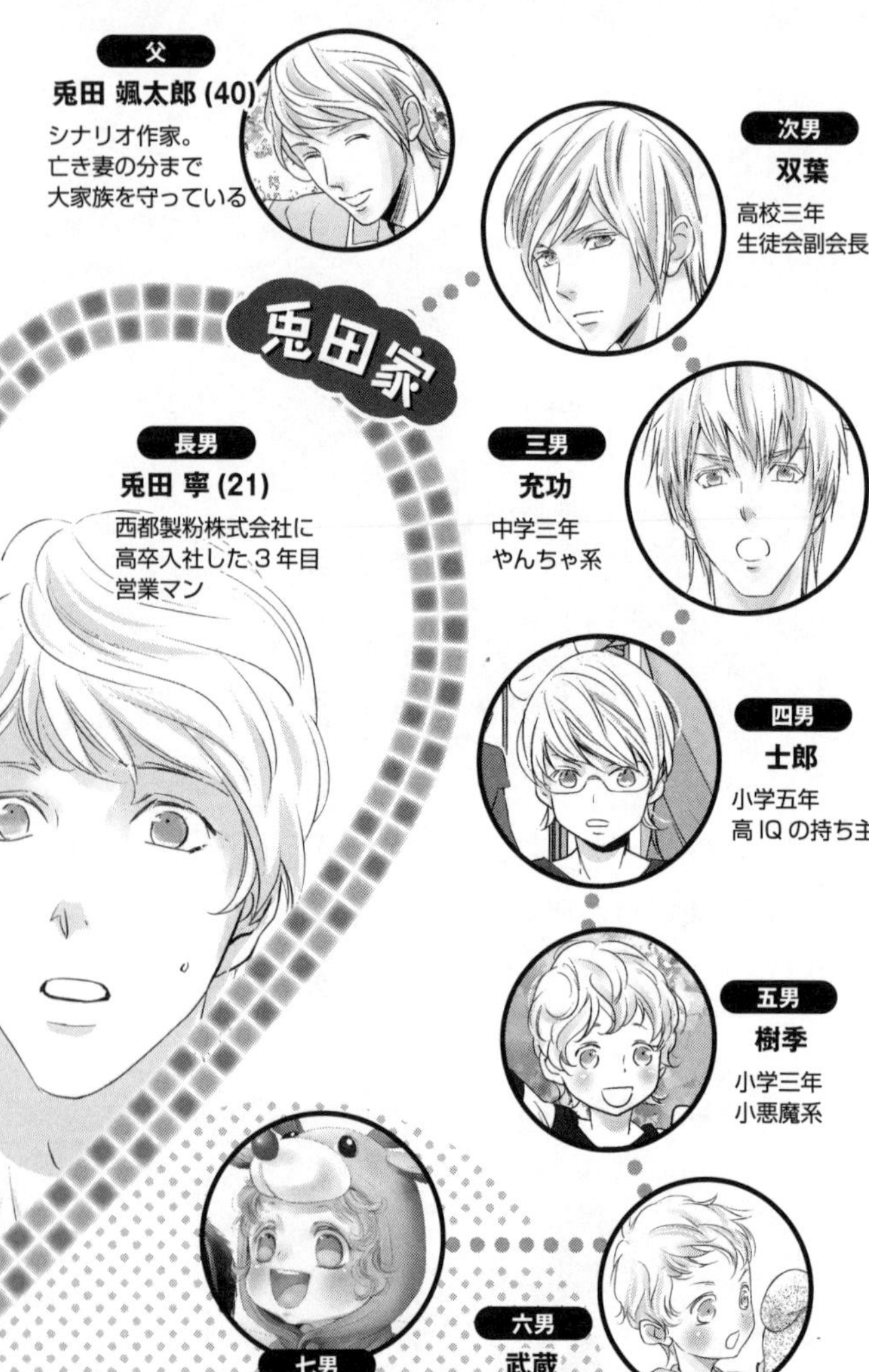
父
兎田 颯太郎 (40)
シナリオ作家。
亡き妻の分まで
大家族を守っている
次男
双葉
高校三年
生徒会副会長
兎田家
長男
兎田 寧 (21)
西都製粉株式会社に
高卒入社した３年目
営業マン
三男
充功
中学三年
やんちゃ系
四男
士郎
小学五年
高 IQ の持ち主
五男
樹季
小学三年
小悪魔系
六男
武蔵
幼稚園の年長さん
七男
七生 (2歳)
兎田家のアイドル

男系大家族 兎田家と それを取り巻く人々

獅子倉
カンザス支社の
業務部部長

鷲塚
寧の同期入社。
企画開発部所属

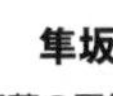

隼坂
双葉の同級生。
風紀委員長

鷹崎 貴 (31)
西都製粉株式会社の
営業部長。
姪のきららを
引き取っている

エリザベス
兎田家の隣家の犬。
実はオス

エイト&ナイト
エリザベスの子供

鷹崎きらら
幼稚園の年長さん
貴の姪

エンジェル
きららの飼い猫

この作品はフィクションです。
実在の人物・団体・事件などに
一切関係ありません。

上司と婚約 Try[2]

～男系大家族物語23～

プロローグ

休みの取り方によっては、八連休から十一、十二連休になるらしいゴールデンウイーク。

しかし、カレンダー通りどころか、休日出勤が入るような勤め人の俺こと兎田寧(とだひとし)からすると、行って休んでまた行ってとなる。

おかげで今週は、若干曜日感覚にブレが生じていた。

週末土曜の一日を終えて、明日の朝食の仕込みでキッチンに立つ時間になって、ようやく元に戻ってきたような気がする。

「お休みだ～！」

「わーい！　お休みよ～」

「ゴールデンウイーク！」

「やっちゃ～っ」

ダイニングでは、すっかり気に入ったのか、着ぐるみでモモンガ兄弟となっている樹季(いつき)、きららちゃん、武蔵、七生が大はりきり。

それを見ながら、一緒にモモンガを着ている（着せられている？）士郎がテーブルの上に置かれた宿題を指差し、わざとらしく咳払いをしている。

すると、いっせいに「あ！　そうだった」みたいな顔で、視線を手元に戻した。

幼稚園や保育園に宿題はないはずだが、この分だと士郎が纏めて面倒を見るために用意したのかな？

樹季の前には学校からのプリントが、きららちゃんと武蔵、七生の前には画用紙とクレヨンが置かれており、今日の絵日記を書くように言いつけられたようだ。

七生もエリザベスっぽいグルグルを一生懸命に描いている。

――と、思いきや!?

（え！　嘘。あれって、七生の〝七〟だよな？　みみずが交差してるようにも見えるけど、隣で武蔵が見本を見せているし――。やっぱり〝七〟だよな！）

俺は思わずシンクから身を乗り出した。

対面に置かれたテーブルでは、七生は画用紙の端っこに漢字で七の字を書いている。

隣に座る樹季が「そうそう！　上手！」って頭を撫でているところを見ると、書くように仕向けたのは武蔵ではなく樹季かな？

確かに七生の場合なら、ひらがなで〝ななお〟と書くよりも、カタカナで〝ナナオ〟か、漢字で〝七生〟と書く方が簡単そうだ。

それならいっそ漢字で！　ってことで、教えたのかもしれないが――。

けど、そもそも字を書かせようっていう発想が、俺にはまったくなかった。

七生はまだ二歳四ヵ月になったばかりだし――、いろんな意味で感心するばかりだ。

「すげぇ、七生！　一度で覚えるなんて、天才！」

いやいや。七生の名前を漢字で書ける武蔵だって凄いと思うぞ。

というか、よく見たら武蔵の画用紙にも〝兎田武蔵〟って漢字で書いてあるんだが、何が起こっているんだ⁉

俺は力いっぱい目をこらす。

（あ。――絵日記の前に、字の練習になったのかな？　確かに武蔵は幼稚園でも、先生がべた褒めするくらい練習していて、ひらがなもカタカナも書けるようになっていた。けど、それにしたって、武蔵の〝蔵〟は難易度が高いだろう？　ってか、きららちゃんも書いてる⁉）

「教えてあげた樹季くんもすごいよ！　ね、士郎くん」

きららちゃんなんて、いつの間に俺たち兄弟全員の苗字や名前を漢字で書けるようになっている。

自分たちも含めて、画用紙に全部書いてある！

そもそも〝鷹崎きらら〟の〝鷹崎〟自体が、相当難易度高いよな？

おそらくは、週末だけでなく、長期休みで幾度となく泊まりに来ている間に、士郎が子守がてらに教えていたんだろうが――。

だからって、ちゃんと書けるようになるとか、天才過ぎる！

俺なんか、園児の頃には〝ひ〟〝ふ〟〝み〟ぐらいしか、書けなかったんじゃ!?　って気がするし。漢字で寧、双葉、充功って書けるようになったのは、間違いなく小学校へ上がってからだ。

「うん。本当に、七生も樹季もすごいね」

士郎もかなり満足そうな笑顔を浮かべている。

そして、そんな士郎を見ていて自然学習した結果、七生に書かせてみようとなっただろう樹季は、一緒に褒められて上機嫌だ。

「えへへへっ！　僕や武蔵の漢字は難しいけど、七生なら頑張れるんじゃないかなって思ったの！　特に、七だけなら！　でも、こうやって覚えた七生が一番すごいと思うんだ。本当、これなら保育園の先生もいっぱい褒めてくれるよね！　お休み明けに、保育園行くのが楽しみだね！」

「あい！　やっちゃ～‼」

休み明けに保育園へ行ったら、自慢できることがある。

確実に先生に褒めてもらえる成果を身に着けさせて五月病を回避とか、どんなマニュアル？

それとも、自分にも覚えがあったのかな？

休み明けは学校に行きたくないよ――みたいな。

もっとも、そのあたりは人知れず士郎が上手くコントロールをしてくれていた可能性は大だけど！

（――おっ、恐るべしちびっ子たち）

間違いなく樹季から下の弟は、士郎の影響で、楽しみながら勉強ができるようになっていた。

しかも、今や充功や双葉まで受験勉強を見てもらっている状態だ。

家族の中に士郎がいるだけで、こんなことになるのか？

確かに学校でも、何か一つでも突き抜けている子がいて、それが周りにいい影響を与えると、クラスや学年全体が引っ張り上げられたりするけど――。

（家庭内士郎塾の効果は抜群だな）

俺は感心から溜め息が漏れそうになるのを飲み込み、視線を自分の手元に戻した。

洗い終えた野菜を切って、サラダや炒め物用に分けてストックしていく。

（お休み明け——か。こうなると、残り三日なんて、あっという間だな。今回は、特に泊まりがけの予定は立てていないけど、その必要がないものが家の裏にドドンとあるしな）

淡々と作業を続けながら、自宅裏に設置された家守社長（鷲塚さんのお父さん）宅のピカピカのトレーラーハウスを思い浮かべる。

それだけでなく、お洒落かつ目隠しにもなるフェンスがすでに出来上がったことで、俺たちの生活まで一変しそうな勢いだ。

「自宅裏にグランピング場がやってきた！」状態で。

これにはちびっ子たちどころか、俺たち大人も大はしゃぎだ。

しかも、家守社長のアイデアもあり、庭の境界フェンスにスライド扉が付いたことで、家守宅、我が家、隣家を合わせた三家が敷地内で行き来が自由になった。

こんな工事や設置が行われた名目は、鷲塚家の飼い犬・ナイトが親兄弟——隣家のエリザベス親子と一緒に伸び伸び遊べるドッグラン作りであり、最近では毎週末にここへ通っていた息子・鷲塚さんが寝泊まりできるように——ってことだったが。

実際は、隣家のリフォーム後に鷹崎部長ときららちゃんが越してきたときに、俺や家族が自由かつ近所の目を気にすることなく行き来ができるように、そして、ちびっ子たちとエリザベス親子が常に一緒に、伸び伸び楽しく、何より安全に遊べるように——と、配慮してくれた結果だ。

有り難いなんてものではない。

厚意だけでここまでしてもらうには、申し訳ないくらいだ。

もっとも鷲塚さん曰く——、

〝気にしなくていいよ。今後、ここで商売をしていくことを前提にしたら、必要経費だろうし。遅ればせながら、息子やナイトに便乗して、自分たち夫婦も和気藹々計画に仲間入りってことなら、豊かな老後生活をえるための先行投資だ。いずれにしたって、タダでは転ばない人たちだし。絶対に何年か後には元を取ってウハウハしているはずだからさ〟

——ってことらしいから、俺たちが感謝を形にするなら、素直に喜ぶ！

そして、家守不動産の看板が上がったときには、ご近所さんたちに「とっても信頼できる会社さんですよ！」って、家族揃って口コミすることかな？

まあ、なんにしても。これからおじいちゃんとおばあちゃんが間借りするログハウス（ゆくゆくは事務所にするらしい）が建てられたり、本格的にリフォームが始まったりするから、事務所になるのはこれらが終わってからになるんだろうけど——ね。

「あ、寧兄！　今、来れる？」

——と、ここで俺はリビングから双葉に声をかけられた。

ダイニングテーブルでちびっ子たちが勉強をしている向こうでは、双葉と充功、鷹崎部長と鷲塚さんが、先ほどから何か話をしていたようだ。

さすがにモモンガは着ていないけど——。

ただ、この場にエンジェルちゃんやナイトがいないのは、父さんと一緒にお隣へ行っていて、エリザベスやエイト、おじいちゃんやおばあちゃんと一緒にまったりしているからだ。

「——ん？　何。どうしたの？」

俺はタオルで手を拭き、キッチンを出た。

朝食用の準備も終わって、話に参加するには、丁度いいタイミングだった。

1

（残り三日間の予定でも立てたのかな？）

そんな想像をしながら、俺はリビングへ向かった。

当然、ちびっ子たちは聞き耳を立てて、わくわくし始める。

そして、それを士郎に注意されると、今度は「こうなったらさっさと宿題を終わらせて話に交じろう！」と活気づく。

そういえば先週辺りに、

〝まず土曜日は、父さん床屋とエリザベスたちの予防接種だね。でもって、日曜日はうちのお母さんと、きららのお父さん、お母さんのお墓参り〟

〝わ！　きららのお父さん、お母さんのところにも行ってくれるのね！　嬉しい‼〟

〝そうしたら、いつもの買い物は月曜かな？　ハッピーレストランも行けるかな？〟

〝あとは、火曜日？　あ！　俺と七生は運動会の駆けっこの練習をしなきゃ！　みっちゃん、一緒に公園へ行ってくれるかな？〟

〝なっちゃもよ〜!!〟

——などと言って、ちびっ子たちなりにゴールデンウイークの後半、この五月の四連休の過ごし方を考えていた。

この時期にお墓参りへ行くというのは、母さんが亡くなった一昨年から始めたことだが、きららちゃんのご両親の分もしっかり含まれていることに、すでにひとつの家族なんだな——と、感じたものだ。

ただし、そのときにはちびっ子たちが話をしていただけなので、予定は何も決まっていなかった。

「自宅裏でグランピング！」というパワーワードに浮かれていたので、俺も今思い出したぐらいだし。このあたりは、双葉や充功も似たりよったりな気がする。

父さんにいたっては、母さんのお墓参りだけきちんとできれば臨機応変（りんきおうへん）、あとは野となれ山となれだろう。

ただし、仕事が行き詰まっていなければ——だけど！

（まあ、トレーラーハウスに連泊できるってだけで、十分出かけた気分になれるから。それ以外は、近所でちびっ子たちの希望を叶えて終了だろうな）

しかし、俺の予想は思ってもみない形で崩された。

「――え？　鎌倉!?　二泊三日でお祖父ちゃん家へ行くの？」

「そう。なんか今、父さんからメールが届いてさ。なんでも、おばあちゃんたちが電話で盛り上がっていて、それならお墓参りのあとに、うちへ遊びにいらっしゃいよ――って、話になったみたい。で、俺たちにもどうかなって。ちなみに父さんの仕事は自宅じゃなくてもどうにかなるから、俺たちが大丈夫ならOKの返事をするけどって」

俺がリビングセットで向き合う四人に近よって話を聞くと、明日から二泊三日で父さんの実家、要は鎌倉のお祖父ちゃん、お祖母ちゃんのところへ遊びに行こうというのだ。

しかも、「おばあちゃんたちが盛り上がって」ってことは、お隣のおじいちゃん、おばあちゃん、エリザベスたちも一緒にってことだろう。

お墓参りの流れから、そのまま十三人と四匹で大移動！

ここに双葉が隼坂くんたちも誘いたいな――なんてなったら、十四人と六匹だ。

想像しただけで、賑やかで楽しそうな二泊三日だ。

しかも鎌倉って言ったら、山も海もあるじゃないか！

ゴールデンウイークがどう影響するのかまで想像すると怖いけど、それでもみんな揃って湘南旅行だ！

「そうなんだ。おばあちゃんたち、よっぽどお喋りが弾んだんだね。俺は大丈夫だけど、双葉や充功は？　勉強とか舞台関係の予定はどうなの？」

こうなると予定や都合を心配されるのは、この二人だ。

俺や鷹崎部長、鷲塚さんに特別な予定はない。

だからこうして、ここに揃っているんだから――。

「俺は、父さんと一緒。隙間時間を狙ってやれば大丈夫。士郎がそういう風に過去問をまとめてくれているし、これでも普段頑張ってるからね」

すると、スマートフォンを弄りながら、双葉がOKサインを出した。

「俺のほうも、舞台関係で動きがあるのは、運動会後だから大丈夫。それだって、五月中はまだ顔合わせとか、台本の読み合わせだけだから、まだしばらくは普段通りだし」

充功も予定はないようだ。

ただし、それは舞台関係のことであって、受験勉強は別の話だ。

しっかり聞き耳を立てていただろう士郎が、鋭い視線を向けてくる。

「あ！　士郎が用意する受験用プリントは、毎日欠かさずやるけどな」

これに気付いた充功が、慌てて言い足し、噴き出しそうになる。

俺や鷹崎部長だけでなく、鷲塚さんもだ。

「――なら、決まりだね。道路渋滞とかが気になるけど。これに関しては、結局どこかへ行こうとなったら大差ないし。ちびっ子たちは、車で移動するだけでも楽しめるだろうから、トイレ休憩の目処だけしっかりつけていけば、どうにでもなる」

「そうだな。久しぶりに鎌倉のお墓参りもできるし、かえっていいかもよ」

「そしたら、父さんに〝ＯＫ！〟で返信と。ついでに、スケジュールをこっちで決めていいか、おばあちゃんたちで何か決めている予定があるかどうかも聞いてみるよ」

俺が話を纏めると、充功が頷き、双葉が父さんへメールを送る。

（鎌倉のお墓参り！　確かにそうだ。ここ何年も行けていなかったから。充功、ナイス！）

同時にダイニングからは、

「やった～っ！　みんなで鎌倉のお家でお泊まりだ！」

「鎌倉！　きらら、小さいときに海の側とか、道路を走る電車に乗ったことあるよ！　また乗りたい‼」

「え！　電車が道路を走るの⁉　それ、俺も乗ってみたい！」

「なっちゃも、でんでんよ～！」

樹季やきららちゃん、武蔵や七生の歓喜の声があがる。

やっぱり士郎同様、聞き耳を立てていたのだろう。

きららちゃんの言う電車は、江ノ電かな？

高校時代に友達と遊びに行って、乗ったことがある。

それに、うちは車移動がメインで、俺や双葉、充功以外は電車に乗ることが滅多にない。士郎や樹季、武蔵なんかは遠足もバスだったし、ここで電車に乗るだけでもいつもとは違う旅行気分を満喫できるかも！

「――コホン」

「「「！」」」

それでも士郎が咳払いをすると、全員がハッとしたようにテーブルへ突っ伏した。

再び宿題の続きに取りかかるところは、先ほど話を誤魔化していた充功と大差ない。

ここでも士郎の影響は多大だ。

なんて思っていたら、珍しく双葉が噴き出して、充功をからかっていたけどね！

「こんなことなら、牽引免許をとっておけばよかったな。ってか、今からでも取得するか？　今回は間に合わないが、宿ごと移動できるのは、今後に役立ちそうだし」

――と、ここで鷲塚さんが、なぜか残念そうに呟いた。

免許があれば、トレーラーハウスを自分の車で引っぱって移動できる、大所帯には便利だよな――ってこと？

でも、裏のトレーラーハウスは、ライフラインを設置しているから、動かす前提ではないよな?

ってことは、更にもう一台どこからか調達してくるの!?

いや、それ以前に、車の免許をとって一年も経たない俺からしたら、怖いだけだ!

だって、すでに裏地にはフェンスもゲートも設置されている。

四トンクラスのトラックが出入りできる大きさのゲートとはいえ、実際にトレーラーハウスが運ばれてきたところを見ていない俺からすると、ぶつけて破壊しそうな想像しかできない。

しかも、鷲塚さんなら本当に免許を取りそうだし、気がついたらしれっとした顔で二台目のトレーラーハウスも用意していそうで、冗談にもならないからな!

「さすがにそこまでは――。それより、双葉。エリザベスたちも連れて行くってなったら、隼坂くんやエルマー、テンはどうなの? 隼坂部長までっていうのは、難しいかもだけど。一応、聞くだけ聞いてみれば?」

俺は、鷲塚さんの免許から話を逸らして、双葉に(こうなったら、どさくさに紛(まぎ)れてデートに誘っちゃえ!)って気持ちで声をかけた。

俺たちが三家総出で行くなら、エリザベス一家も総出でっていう言い訳が立つからね。

鷹崎部長は俺の魂胆が見え見えなのか、必死に笑いを堪えている。

「うーん。さすがに急すぎて無理だな。明日から塾の強化合宿だって言っていたし。俺たちだけで、エルマーとテンを預かるのは難しいと思うから」

さすがにそう上手くはいかないか。

お互いのスケジュールは把握しているらしく、双葉が苦笑いを浮かべて見せる。

けど、俺は双葉からの話でハッとした。

「そうか。それは残念。で――、双葉はいいの？　そういうのに参加しなくても。何度も言うけど、お金の心配ならいらないよ」

自然に身体が前のめりになる。

「え～。それなら俺も何度も言うけど、士郎以上に俺の強弱を知り尽くした講師がいる塾があるとは思えないからな～」

双葉は士郎に向けて手を振りながら、「今のままで大丈夫」をアピールする。

（確かにそうなんだろうが――）

しかし、俺としては隼坂くんの勉強の仕方を見たり、聞いたりすると、やっぱり不安になるわけで――。

「それに、俺と士郎で迷うことがあっても、側には鷹崎さんと鷲塚さんもいるんだよ。国内トップクラスの難関大学出身者が二人も！　ただ、試験傾向と対策を確認する意味で、東都主催の夏期講習には参加しようとは思ってる。やっぱり受験予定校が開催する講習には出ておいたほうがいいって、隼坂だけでなく鷲塚さんも言っていたし。士郎も俺を通して、講習内容を知っておきたいって言うから」

　こうした俺の心配は、ものの数秒で大破させられた。

　自分の受験軍師に、いつの間にか鷲塚さんや鷹崎部長まで入れているところが、双葉らしい。

　本当にちゃっかりしている！

「――そうか。ならいいけど。でも、さすがは私立の一貫校だね。そういう講習まで手がけてるなんて」

　けど、こうしてわかりやすく頼られ、甘えられることが鷲塚さんや鷹崎部長は嬉しいんだろう。特に鷹崎部長は――。

　今も俺の顔を見ながら、「そうそう」「心配するな」って、頷いて見せてくる。

　そして、

「それより、兎田さんのご実家にこの人数で行って、大丈夫なのか？」

「そうだ。寧たちだけならまだしも、俺たちにエリザベスたちまでとなったら、道路以上の大渋滞だぞ。今から宿は取れないだろうし」

むしろ「心配はこっちだろう」と、二人で話を合わせてきた。

言うまでもなく、そりゃそうだよな――って、内容だけどね！

「それなら大丈夫です。随分前から、父さんたち兄弟が使っていた二階の五部屋が空いているし、一階にも客間兼用の和室があります。仏間や応接間の仕切り襖を外せば、親族が集まれるくらいの広さにはなるので。そこへ布団を敷けば、いつもみたいに、雑魚寝でもなんでもできるはずなので」

俺は改めてお祖父ちゃん家の説明をした。

具体的な広さ、数字はポンと出てこなかったが――。

父さんが五人兄弟で、二階に各自部屋を持っていたと聞けば、大体の見当が付けられるだろうと思ったからだ。

「それって、けっこう大きいな」

「そもそも鎌倉にってところだけで、すごいしな」

ただ、これはこれで驚かれてしまった。

どこまで大きい家を想像したのかはわからないけど、それ以前に「鎌倉」って聞くと、やっぱり高級別荘地のイメージがあるからかもしれない。

地元の人からしたら、そうでないところのほうが多いのに――。

でも、俺はここで変な謙遜はしない！

「ありがとうございます。本当にすごいのは、土地家屋を守り続けているご先祖様やお祖父ちゃんたちですが――。裏も雑木林で、ここより更に大分田舎っぽいんですけど、すごくいいところなんです。家自体は、そこそこ年季の入った古民家ですけど、お祖母ちゃんたちがマメなので、手入れも行き届いていて――。俺たちも大好きな田舎の家なので、一緒に行けて嬉しいです」

だってさ。昨今、帰省できる田舎を持たない友人知人は意外と多い。

それこそ曾お祖父ちゃんや曾お祖母ちゃんは、俺が物心が付いたときにはすでに亡くなっていたけど、お祖父ちゃんとお祖母ちゃんは今も元気で、子供の頃からたまにとはいえ帰省できる田舎が在ることは本当に嬉しかった。

ましてや、それなりにあるだろう相続税を支払いつつも、何世代と土地と家屋を維持しているのは、本当にすごいことだと思うんだ。

少しでも大人になって、家のローンや土地代とかっていうものに目が行くようになると、感動と尊敬が増すばかりだ。

そういう気持ちもあったから、俺は鷹崎部長や鷲塚さんには、「うちのお祖父ちゃん、すごいでしょう。お祖母ちゃん、素敵でしょう」とは言えても、謙遜はできなかったんだ。

「そうか。なんだか、冬の保養所や三回忌のときの旅館を思い出すな」

「ますます旅行気分が盛り上がりそうですね！」

　そんな俺の言葉に、二人はすっごくいい笑顔を浮かべて、明日からの旅行も喜んでくれた。

「んじゃ！　そうと決まったら、今から二泊三日の日程を組もう。あ、父さんが〝特に予定は考えていないから、まずは俺たちに任せる〟って。ただ、おばあちゃんたちが電話をしていたときに、〝近場の日帰り温泉もいいわね～〟なんて言っていたから、組み込めるようならよろしくって」

「よっしゃ！　そうしたら、墓参りと日帰り温泉、江ノ電乗車は決まりだな。あとは――、やっぱり江ノ島かな？」

　双葉や充功もノリノリだ。

　早速、おばあちゃんたちの希望に、ちびっ子たちのリクエストも含めて、二泊三日の予定を立て始めた。

＊＊＊

〝お墓参りは二カ所回ることになるし、一日掛けてゆっくり行ってくればいいよな〟

最初はそう思っていたが、鎌倉の家へ行くとなったら、そうはいかない。

「「かーまくらっ！　かーまらっ！　かーまくらっ！」」

「かーまらっ！　かーまくらっ！」

あれからちびっ子たちは、士郎が失笑するほどテキパキと宿題を終わらせた。

こうなると一分一秒でも、

「早く鎌倉へ行きたい！」

「お祖父ちゃん、お祖母ちゃんに会いたい‼」

――ということになり、充功や鷲塚さんにスマートフォンで湘南の観光名所などを検索してもらっている。

モモンガルックで可愛さを爆発させながら、纏わり付いている状態だ。

それにしたって、こういうときにねだる相手をこの二人に絞り込むところは、樹季の本能なのか知恵なのか？

面倒見がいいだけなら、この場にはいくらでもいるだろうに――。

双葉や士郎が苦笑いを浮かべたってことは、行動力や甘さを秤に掛けたときに、群を抜くのがこの二人なんだろうな。

なんだか、きららちゃんや武蔵、七生まで、ちゃっかりな樹季に見えてきた！

まあ、おかげで俺は鷹崎部長の隣に座って、ゆっくり寛げているけどね。

「みっちゃん、これ何？　高い道路に電車がぶら下がってるよ！」

「きららが乗った電車とも違う！」

「え？　初めて見る！　これ何？」

「な～に～!?」

――と、ここでちびっ子たちが騒ぎ出した。

充功のスマートフォンの画面を、鷲塚さんや双葉も一緒になって覗き込む。

俺と鷹崎部長は顔を見合わせて、

「高い道路に？」

「電車がぶら下がっている？」

確認しつつ、首を傾げる。

俺は一瞬、あの辺りにケーブルカーなんてあったか？　と想像してしまう。

「え？　何これ？　モノレール……で、合ってる？」

「合ってる合ってる！　モノレールだよ」

　すると、半信半疑の充功に、鷲塚さんがニコリと笑って答える。

「あ！　湘南モノレールか」

「懸垂式のモノレールだね。一般的によく見るのは跨座式がほとんどだけど」

　双葉もピンときたようだ。

　ダイニングで樹季たちの宿題確認をしていた士郎が、モノレールの種類まで説明してくれた。

　ここまで聞くと、俺も「ああ！　あれか」と思い出す。

「懸垂式……って、いうんだ。テレビで見た記憶はあるけど、乗ったことがないし」

　俺は恥をさらすようだけど、懸垂式や跨座式という言い方を初めて知った。

　生まれてこの方、聞いた覚えがなかったのか、興味がないから右から左へ聞き流していたのかはわからない。

　それだけに、さらっと説明してくれた士郎（生まれてまだたったの十一年！）の情報量や記憶力、何より理解力には感心するしかない。

　けど、俺の隣では、鷹崎部長もまだ首を傾げていた。

やっぱり普段利用しているわけでもない乗り物のタイプまでは、覚えてないよね！

「そう言われると、俺も乗ったことがあるのは跨座式だけだな。鷲塚はどうだ？」

「俺もないですね――。昔からあの辺りへ行くときには、電車か車だし。あ！　そうだ。免許を取り立ての頃だったので、大分前になりますが。モノレールの下なら車で通ったことがあります。過ぎていくのを見上げて、落ちてくるなよ～なんて考えたのを思い出しました」

――違った！

少なくともこの話し方だと、鷹崎部長も鷲塚さんも懸垂式や跨座式のことは、普通に知っていたんだろう。

興味が無かったこととはいえ、俺は勉強不足を痛感してしまう。

「え？　そうしたら、誰も乗ったことがないの？　みんな一緒!?　やった！」

すると、ここで樹季が歓喜の声をあげた。

言われてみると、確かにそうだ。

さすがに、父さんだけは乗ったことがあるかもしれないが――。

「きらら、これに乗ってみたい！」

「俺も！　道路を走る電車とぶら下がった電車！　両方乗りたい!!」

「なっちゃも、のんの！」

ちびっ子モモンガたちは大はしゃぎ！

こうなると、モノレール乗車も追加だな。

江ノ電にモノレールに日帰り温泉。

最初は鎌倉だけに、お寺や大仏様メインの観光名所巡りになるのかな？

おじいちゃん、おばあちゃんもいるし、ちびっ子たちのことを考えると、車移動がいいよな？

けど、この時期に駐車場は空いてるのかな？

――なんて、想像したけど、まさか乗り物とお風呂がメインになるなんて！

多分、大人からすると乗り物は交通手段であって、これ自体がメインイベントになるって、よっぽどだろう。

それこそ豪華客船とか夜行列車とか、宿泊が伴うような感じの。

でも、樹季や武蔵、きららちゃんや七生からすると、初めて見たモノレールってだけで、遊園地の乗り物感覚になるのかな？

なんにしたって、これなら大人も子供も楽そうだ。

始発駅からの乗車なら、確実に座れるし。

人も車も渋滞だらけの中をひたすら進む、ノロノロ移動ばかりで時間が過ぎていく――みたいなことには、ならないだろうからね。

「そうしたら、明日はお墓参りで車移動がメインになるから、明後日がモノレールと電車移動中心で観光かな？　エリザベスたちは留守番になるけど、大丈夫かな？　まあ、状況によっては、俺が一緒に留守番すればいいか」

鷲塚さんも俺と似たようなことを考えたのかな？

樹季たちほどではないにしても、けっこうウキウキしているのがわかる。

ただし、この予定で行くと、エリザベスたちも車と一緒に家へ置いていくことになるから心配そうだ。

「そこは大丈夫だと思う！　留守にするのは日中だけだし、自宅内で自由にさせても賢いエリザベスたちなら悪戯（いたずら）はしないよ。鷲塚さん大好きなナイトも、エイトやエンジェルが一緒なら、いつもみたいに、遊んで待っていられるだろうから」

「そっか」

双葉の力強い「大丈夫」に、鷲塚さんも安心したようだ。

こればかりは、行ってみないとわからない。

でも、エリザベスたちは、けっこう旅行慣れをしているから、俺自身に不安は起こらなかった。

それに、監視役が必要そうなら、俺が留守番すればいいだけだしね！

「じゃあ、三日目は車移動で江の島とか？　あそこなら犬連れでも観光できるし、なんならそのまま帰宅もできる。――ってなると、日帰り温泉施設は初日か二日目の夕方がいいのかな？　もしくは、いっそ三日目に？　あ！　江の島アイランドスパとかっていうのがあるじゃん！　その間、エリザベスたちをどうするかってことにはなるけど」

充功が、これまでに出た希望をざっくりとだがまとめ始める。

（江の島でスパか。せいぜい、二、三時間のことだろうし。これもいざとなったら、俺がエリザベスたちと遊んで待っていれば問題はないしな！）

犬連れになると、スムーズに行ける場所は限られてくる。

ましてやエリザベスたちは大型犬だし、エンジェルちゃんだっている。

けど、それを承知で一緒に連れて行きたい家族なんだから、所々で足並みが揃わないことくらいは、なんてことない。

車内でモフモフまみれでひと休みって考えたら、これはこれで天国だしね。

「その辺りは、もう少し調べてから決めてもいいんじゃないのか？　もしかしたら、おばあちゃんたちにも目当ての温泉施設があるかもしれないし」

張り切って先走る充功に双葉が待ったをかけたら、ハッとしつつも笑って誤魔化していた。

「そうだな！　そうしたら、まずは電車とモノレールの乗車時間とコースを調べよう。でもって、これに合わせて観光のタイムスケジュールを組んでいったら、案外二日目に温泉ってなるかもしれないからな」

その後、明日からの二泊三日の予定は、充功と双葉の受験生コンビが率先(そっせん)して立ててくれることになった。

二人でスマートフォンを片手に、意気揚々とタイムスケジュールを組み始める。

（実は二人とも、受験勉強のストレスが溜まっていたのかな？　いや、そもそも自分にどうしてもっていう予定がなかったところへ、家族旅行が決まったらこんな反応で当たり前？　トレーラーハウスとはまた違った楽しさだろうしな）

俺は、何の気なしに士郎のほうを見た。

（あれ!?　いつの間に！）

さっきはダイニングテーブルにいたのに、今はリビングに置かれたPCデスクに向かって湘南観光の案内を検索していた。

改めて湘南モノレールのホームページを見ているのか、往復の道検索をしているのか、横顔がかなり嬉しそうだ。

　心なしか、両脚が「ふんふんふん♪」ってリズミカルにぶらぶらしているようにも見える。さすがにこれは、錯覚かな!?

（モモンガルックが、特に眼鏡をかけたフードの顔がダメ押ししていて、可愛い！　士郎がこれじゃあ、双葉や充功がはしゃいでいても不思議はないか）

　俺もなんだか楽しさが増してきた。

　こうなると樹季たちとなったら、そりゃもうね！

「やった！　電車とモノレール!!」

「二つも乗れるの！」

「きらら、おばあちゃんたちとの温泉も楽しみ！」

「なっちゃ、えったん、うんまよ～」

　充功や双葉を囲んで大はしゃぎだ。

　それでも夜だからだろう。小声で「きゃっきゃっ」しているところは偉い！

　――が、ここでＰＣの電源を落として、士郎が立ち上がる。

（え!?　もう、調べ終えたのか？）

「じゃあ、ここからは充功や双葉兄さんたちに任せて、樹季たちは出かける準備だよ。お泊まりセットを作って、早く寝ないと、明日寝坊しちゃう。鎌倉へ行く時間が遅くなって、夜になっちゃったら、それだけ遊べなくなるからね」

「「はーい！」」

「なっちゃも、あーいっ！」

（あ、なるほどね）

どうやらページの当たりだけ付けていたようだ。

樹季たちを落ち着かせたら、自分のノートPCで再検索かな？

士郎が声をかけて、樹季たちを二階へ連れて行く。

立ち去るモモンガたちの尻尾が揺れる様に、俺はニヤニヤが止まらない。

（本当。士郎は子守のプロだな）

時間のことなど忘れていたが、壁に掛かる時計を見れば、もう九時を回っている。

この分だと、明日は九時前には家を出ることになるだろうし、早く寝かしつけるに越したことはない。

「七生くん。日増しに言葉数が増えてきたな」

士郎に先導されて、ちびっ子たちがリビングから出て行くと、鷹崎部長がふと呟く。

双葉と充功はスマートフォンを持ったまま、飲み物でもほしくなったのか、キッチンへ移動している。

「はい。まだまだ文章にはなっていませんが、だいぶ意味を理解して話をするようになってきたと思います。保育園へ通い出してからは、発する単語も増えてきましたし」

俺が答えると、鷲塚さんも見ていたスマートフォンから顔を上げる。

「やっぱり、常に年の近い子と一緒にいるから、覚えも早いんだろうな。それに〝しーしー、えーんえーんね〟のときのニンマリは、完全に意味がわかっていた顔だし。俺もう、獅子倉部長に言いたいのを我慢するのが大変だよ」

相変わらずマメさを発揮しているのか、獅子倉部長とも連絡を取っているようだ。

「ですよね。それで、獅子倉部長は、予定通り来られそうですか？」

俺は、鷲塚さんに土日の運動会のことを確認してみた。

次の土曜が充功、日曜が武蔵と七生とあって、我が家では一大イベントだ。

それで獅子倉部長も「帰国する！」って決めてくれたようなんだけど――。

「この日だけは、何が何でも帰国するからって、部内どころか支社長にも宣言したらしい。そうしたら、運動会の動画を共有ってことで、有休取るのを協力してくれるってことになったって言っていた」

どうやら周りの協力もあって、来られそうだ。

とはいえ、まだ気になることがある。

「――それなら、大丈夫そうですね。けど、旅費はどうなんですか？　さすがに距離が距離なんで。俺ごときがとは思うんですけど、三回忌にも来てもらったばかりだし。ちょっとだけ心配で」

そう。他人様の懐事情だし――というのはわかっていても、獅子倉部長がいるのは北米のカンザス支社だからね。

すると、鷲塚さんは特に気にした風もなく、答えてくれた。

「休みの調整さえできれば、乗り継ぎ有りの格安切符？　それでも往復で十五万前後はかかりそうな気がするけど。ただ、獅子倉部長的には、こっちに来てもほとんど交通費や宿代はかからないから、ちょっとリッチな国内旅行をするのと大差ないだろうって考えみたいだけどな」

「リッチな国内旅行？」

これも俺にはない発想だな。

両親や周りの人たちのおかげで、小さい頃から大家族と呼ばれる人数になっても、不定期ながら旅行やレジャーはできている。俺からしたら、これだけで贅沢だ。

けど、鷲塚さんの言うリッチは、そういうことではないだろう。

するとと鷲塚さんは、続けて言った。

「例えばだが、思い付きで東京から福岡まで飛行機で往復、一泊二、三万のホテルに二、三泊って考えたら、そんなものだろう。もしくは、シティホテルのスイートルームに一泊とかでも、これくらいかかる。うっかりしたら、もっとか？」

「っ‼」

それは、鷹崎部長のことだろうか？

俺はドキドキしつつ、鷹崎部長へ視線を向けた。

（あ、目をそらした！）

やっぱり鷹崎部長のことだな。

ただし、鷲塚さんが鷹崎部長のホテル散財を知っているかどうかはわからないが。

（類は友を呼ぶって、こういうときにも使っていいのかな？）

自分の給与明細書しか見たことがない俺には、一部上場企業の部長クラスが、どれだけもらっているのかなんてわからない。

同じ部長なら、年収も同じくらいなのかもしれないが、それにしたって鷹崎部長と獅子倉部長は、金銭感覚も似ている気がする。

〝出すときには出すぞ〟

〝使い処(どころ)は心得ているからな〟

――みたいな部分が。

ただ、その出すときに我が家がかかわりすぎているから、俺としてハラハラしてしまうだけで――。

「もちろん、日程に合わせて一日でも仕事が入ってくれれば、旅費の半分くらいは出張費で出してもらえそうだが――。どんなに裏で、境(さかい)さんに〝口実はないのか⁉〟って訴えたところで、さすがにそう上手くはいかないだろうからな」

――ってことは、一度や二度は、獅子倉部長が境さんに向かって「何か、帰国できるような仕事を作れ！」って迫ったことがあるのかな？

境さんは俺や鷲塚さんの同期だけど、経営者一族の一人だ。

いずれは本社で三役(さんやく)に着くんだろうから、そういう権限を少しは俺のために使え、仕事はちゃんとしてるんだからさ！　なんて、獅子倉部長なら言いそうだしね。

「ですよね。でも、そうか。運動会を観に来るのに最低でも十五万円前後かかるんだ」

そうしたら格安チケットでなかった場合は、どれだけかかるんだろうか？

やっぱり、俺の手取りくらい？　もしかしたら、格安の倍？

ちゃんと調べたことがなかったけど、羽田(はねだ)から大阪(おおさか)へ行くんだって、急にチケットを押さえるとなったら、けっこうな値段だしな！

「まあ、獅子倉からすると、それでも十分元は取れると思うぞ。何せ、どんなに動画が残っても、直に見て、一緒にみんなで喜びを分かち合うのとは、感動が違う。普段、向こうでは仕事三昧だし、珍しく写真を送ってきたかと思えば、モー美にモー子だ。そういう生活だ。しかも、いつ日本へ戻してもらえるのかもわからないしな」

——と、ここで鷹崎部長が獅子倉部長の立場になって、説明してくれた。

俺からすると、言われて始めて気付くことだが、確かに獅子倉部長から送られてくる向こうの情報は、職場関係のことばかりだ。

同期であると同時に、親友と言ってもいいだろう鷹崎部長が「モー美にモー子だ」って言うんだから、本当に仕事三昧でそれ以外の交流は限られている。

そうでなければ、父さんを好きになったからと言って、いきなり「にゃんにゃんエンジェルズのDVDを買って送れ」とか「隙間時間で全話見た」とか言わないだろうから——。

そう考えると、桁こそ違えど、俺が弟たちには簡単に財布を開いちゃうのと、心理は同じなのだろう。

「確かに。そう言われると、そうですね」

「ようはさ、俺や獅子倉部長に関しては、ちびっ子たちにデレデレな親戚がまたやってるよ～とでも、思っとけばいいってことだよ。兎田さんの仕事仲間さんたちと一緒！」

「なるほど！」

「そうだな。鷲塚の言い方が一番あたっている」

なんて話をしていたら、庭のウッドデッキから「ただいま～」と声がした。

（え!?）

ちょっとビックリした！

けど、庭から行き来ができるようになるって、こういうことだ。

「あ、父さんが戻ってきたみたいですね」

そう言っている側から、

「みゃ～」

「パウパウ」

「バウン！」

父さんに足を拭いてもらったエンジェルちゃんとエイト、ナイトとエリザベスが一緒になって入ってきた。

途端にリビングはモフモフ渋滞だ。

エイトとナイトが大きくなってくるにつれて、存在感がすごい！

エンジェルちゃんがいっそう小さく見える。

「「お帰り〜」」

「話は決まったみたいだね」

キッチンに立つ双葉と充功が声をかけると、父さんが手にしたスマートフォンをダイニングテーブルへ置いた。

「大まかにはね」

双葉が充功と一緒になって、父さんに報告をする。

「そうしたら、俺たちも明日からの準備に取りかかるか」

これを見た鷹崎部長も、スッとソファから立ち上がる。

「ですね」

「はい」

鷲塚さんと俺も同意し、この場にいる誰もが相槌(あいづち)を打ちながら、微笑(ほほえ)み合う。

(家族揃って出かけられるって、いいな)

俺はしみじみ、幸せだと感じる。

「お父さん。お帰りなさい」

「「お帰りなさい！」」

二階からは、再び士郎が樹季やきららちゃんを連れて戻ってきた。

武蔵や七生は、寝ちゃったのかな？

それともあとから入ってくる？

「あ、士郎くん。明日の準備ができたら、今夜もトレーラーで寝ようか！　ナイトたちもみんな一緒に寝たそうだから！」

すかさず鷲塚さんが声をかけてくれる。

見るとエンジェルちゃんが、ナイトの背中に捕まるようにして乗っかっていた。

「ありがとうございます。僕らも丁度、準備が終わったところです」

代表で士郎が御礼を言うが、その後ろでは、樹季ときららちゃんが、目をキラキラに輝かせている。

「やった～！　鷲塚さん、ありがとう。今夜もトレーラーハウスでお泊まりだ～！」

「エンジェルちゃんったら、すっかりナイトとも仲良しね」

「みゃんっ」

エンジェルちゃんも、平日は一匹でお留守番だから、みんなと一緒が好きなのかな？

なんて思っていると、最後に武蔵が「待って～」と、ちょっと情けない声を出して入ってきた。

「階段降りたところで、七生の電池が切れた～」

「ぐーっ」

見れば、ぐっすり寝ている七生を引きずるようにして抱えて、ふーふーしている。

七生もそれだけ重たくなったってことだろう。

それにしても、モモンガを狩ってきたみたいだ！

「あーあ。そうしたら俺が抱っこしていこうか」

「ありがとう。鷲塚さん」

言うと同時に、鷲塚さんが武蔵の手から七生を預かり、抱っこしてくれた。

樹季たちは喜び勇んでリビングから庭のウッドデッキへ。

そこには新たに用意された薄型のシューズＢＯＸが置かれていて、三家分の敷地内を行き来するためだけのサンダルが人数分入っている。

「七生のは俺が持っていくね」

武蔵が嬉しそうに一番小さなサンダルを手に持つ。

何もかもが可愛くて、幸せで、俺の顔――今どうなっているのかな？

ニヤニヤしていて、鏡に映したら、自分でも見られないくらいなんじゃないかと思う。

「じゃあ、お休みなさい。また朝に」

「はい。おやすみなさい」

そうして、鷲塚さんがちびっ子モモンガとエリザベスたちを引き連れて、庭から庭へ。

三家の通路になる庭の隅やトレーラーハウスには、ソーラータイプのセンサーパネルが設置されているから、月明かりのない夜でも安全だ。

（こんなところにも家守社長の気遣いが溢れているな——）

俺は、トレーラーハウスに灯りが付いたところまで見送ると、掃き出し窓とカーテンを閉めた。

「じゃあ、俺たちも準備をしたら、今夜は早めに休もうか」

「そうだね」

俺の声かけに父さんが返事をすると、鷹崎部長や双葉、充功も軽く頷いた。

明日から二泊三日は、またわちゃわちゃになりそうだ。

2

翌朝、九時――。

「みんな忘れ物はない？　着替えだけでなく、宿題もちゃんと入れた？」

「「はーい！」」

「あいちゃ～っ！」

「じゃあ、出発！」

ちびっ子たちに最終確認をとってから、俺たちは三台の車で出発した。

行きは父さん運転のワゴンに、俺たち兄弟ときららちゃん。

鷹崎部長運転のスポーツカー・フェアレディZ（ゼット）・ST（エスティー）に、おじいちゃん。

鷲塚さん運転の四駆（よんく）・ハマーに、おばあちゃんとエリザベスたち四匹で乗り分けた。

とはいえ、鎌倉の家へ着くまでには、都内の二カ所でお墓参りをしたり、昼食をとったりするので、途中で誰かが乗り換えるなんてことはあるかもしれない。

ただ、俺としては鷹崎部長の車におじいちゃんが乗り込んだところで、移動中にも今後の同居について話をしたりするのかな？　と、想像していた。

乗り込むときのおじいちゃんを見ながらおばあちゃんが、

「私もお願いして、一度は助手席に乗せていただきたいわ～って、八重さんとも話していたことがあるのよ。だって、車を乗り降りするときの鷹崎さんって、とってもカッコいいんですもの。ふふっ」

そう言っていたのが、乙女そのものですごく可愛らしかった。

しかも、車より鷹崎部長を褒めてくれているところが、おばあちゃんナイス！　だ。

鷹崎部長は、こちらへ越して来るなら――と、もっと大人数で乗れる車に買い換えることも考えているけど、俺は今のままでもいいんじゃないかな？　と、思っている。

やっぱりバイブラントトレッドのフェアレディZ・STって、いつ見てもカッコいいし、充功やおばあちゃんみたいに、乗せてもらうだけでウキウキ笑顔になったり、何より鷹崎部長に似合う車だから！

もちろん、鷹崎部長が「いや、実は燃費や維持費も考えていて」なんて言い出したら、俺は諸手を挙げて賛成する。

そこはあまり現実的ではないから、今しばらく買い換えはないだろうな――とは、思っているけどね。

「この分だと、お昼を済ませるまでは、こんな感じかな」

そうして自宅を出てからしばらくすると、車内の静けさに父さんがぼそりと言った。

「ごめんなさい。結局、あれから浮かれた樹季たちを寝かしつけるのに時間がかかっちゃって。七生もトレーラーハウスに入った途端に、目を覚まして大喜びしちゃって――」

助手席で、カーナビ代わりになっている士郎が説明するも、どこか眠そうだ。

こんなことなら、俺が座ればよかったかな？

お墓までなら、俺も父さんも道をわかっているし。

「それはしょうがないね。ちゃんと時間に起きただけ、褒めるしかない。特に武蔵は」

「うん。武蔵、七生が保育園に通い始めてから、朝に強くなってきたと思う。気が緩むと、まだご飯を食べながら寝ちゃうけど」

「――で、双葉と充功は？　スケジュールを組むのにまさか徹夜？」

そうして今度は、バックミラー越しに双葉と充功を見る。

「あ、それは徹夜でここ二日分の自主勉強をしたからだよ。今朝〝これで鎌倉では遊び放題だ！〟って、自慢げに言って来た。そんな、食いだめみたいなことができるわけないのに。というか、僕がいつものプリントを持ってきてるんだから、向こうでもやるしかないのにね」

（そういうことだったのか！）

俺は聞き耳を立てるも、最後にニヤリとしただろう士郎の言いっぷりに噴き出しそうになる。

「あっははっ！　今夜が楽しみだね。食後にプリントを出されたときの二人の顔が、目に浮かぶよ」

父さんなんか、容赦なく笑ったしね。

（本当に――。この分だと、樹季たちの宿題も持参なんだろうな）

それでも、父さんと士郎が話していたとおり、お墓参りを済ませて、道路沿いにあるハッピーレストランでランチ休憩を済ませると、全員がしっかり目を覚ました。

ここでもドールハウスの家具やポイントをもらえたから、特にちびっ子たちはウハウハだ。

士郎だけは、しっかりパーツの数を確認していて、俺たちみんなにもらうものを指定してきていたから、脳内ではポイントでもらえる折りたたみの部屋の数とかも考えていたんだろう。

フェア終了の暁には、子供部屋にいったいどんな大豪邸が出来上がるのかはわからないけど、気がついたら独学で図面が書けるようになっていた！　とかありそうで、俺は楽しみな反面、けっこうドキドキしている。

そうでなくても、側には家守社長というプロの設計士さんもいるわけだし——。

というか、おじいちゃん家のリフォーム図面を引いてくれたのが家守社長自身だったたってところで気付くべきだったんだろうが、不動産関係の資格だけでなく、一級建築士の資格を合わせ持ってるって、すごいよな。

不動産関係にしたって、宅地建物取引士、賃貸不動産経営管理士、競売不動産取扱主任者、土地家屋調査士、不動産鑑定士——だっけ？

突き詰める方向は違ったとしても、鷲塚さんが優秀なのも頷ける。

ちなみに鷲塚さんのお母さんは、インテリアコーディネーターやカラーコーディネーターの資格を持っているとのことで、一家揃って働き者だ。

（さすがに、ちょこちょこ停滞するようになってきたな——）

そうして俺たちの車は、高井戸インターから高速道路へ。

ゴールデンウイークの真っ只中に湘南へ向かうとあり、大渋滞とまではいかないまでも、東名高速や横浜新道、横浜横須賀道路ではちょっとした渋滞には阻まれた。

しかし、そんなときでもちびっ子たちは元気なもので、みんなが知っているアニメの歌

を歌ったり、

「次は、一番早く青い屋根を五つ見つけた人が勝ち！」

「はーい！」

「みっちゃんたちもだよ!!」

「おっ、おう！」

――といった、謎なゲームをその場で作って遊んだりしていた。

（なるほど。走行中なら、見つけたときには通り過ぎちゃうから、渋滞中ならではの遊びだな。賢いや！）

そして、これらに飽きた頃を見計らって、士郎から湘南モノレール（懸垂式）の歴史解説がスタートだ。

（今回も海中トンネルに負けじとコアな解説だな。というか、国内では湘南モノレールが懸垂式のパイオニアなのか。江の島・鎌倉観光もそうだけど、沿線住民の移動手段だけでなく、懸垂式モノレールのサンプルケースとして、普及アピールも兼ねて作られたんだ。ふ～ん）

これは樹季たちに聞かせる前提で説明してくれているから、とてもわかりやすかった。

気がつけば、双葉や充功まで「へ～。そうなんだ」「なるほどね」などと言って、感心している。

（これで夜になって、いきなりプリントを出されて、問題の中に湘南モノレールの歴史とかがあったら、おかしいだろうな。さすがに受験勉強には関係ないから、そんなことはないと思うけど！）

俺は、この瞬間に双葉たちが楽しそうにしている顔を見れば見るほど、夜になって「はい！　今日の分だよ」って出されるプリントに驚愕する姿を想像してしまい、笑いを堪（こら）えるのが大変だった。

その点、樹季たちは「はーい！」で受け取り、うまくいったらお祖父ちゃんお祖母ちゃんに褒めてもらおうと、「僕たち、ちゃんと宿題してるよ！」ってアピールをするんだろうけどね。

（どっちも可笑（おか）しいし、微笑ましいや）

そんな想像している間に、俺たちは五時前には鎌倉の家へ着いた。

途中、二度ほどサービスエリアでトイレ休憩を入れたが、だいたいこんなもんだろう――と予想していたくらいの時間には、到着することができた。

父さんの実家は、ＪＲ鎌倉駅から一キロもない徒歩圏内にある。

この辺りはうちのほう以上に小高い山や雑木林が多く、実家はまさに山の麓にあるような感じで、裏は雑木林。同じ町内の中でも隣家とは少し離れた一軒家だ。

それでも、ここ十年から十五年ぐらいの間に、建て替えられた家も多いのかな？

軒数だけでみるなら、周りに家が増えた印象がある。

それでも建築基準条例や、鎌倉独自ルールの景観法などがあるところだから、街の印象が大きく変わることはない。

特に駅の周りやお寺の周辺、観光地になっているようなところはね！

「うわっ。想像していたよりも立派な古民家だ。情緒があるな～。旅館やお寺だと言われても、そのまま信じそう。雪見障子に縁側、年季の入ったガラスの木製建具とか――。親父が見たら大興奮して、めずらしいもの見たさで縁の下に潜り込みそうだ」

到着早々声を上げたのは、鷲塚さんだった。

母屋に隣接した駐車場で、車から下ろしたエリザベスたちのリードを双葉や充功、士郎に預けて、自分は抱えていたエンジェルちゃんを鷹崎部長に渡して荷物を持つ。

だが、とうのエンジェルちゃんは、抱っこより肩乗りの気分なのか、鷹崎部長の胸元から右肩に。ハーネスに付けたリードが、一瞬鷹崎部長の首に絡みそうになるも、そこは慣れたもの？

　鷹崎部長はエンジェルちゃんがさっと動いたと同時に、リードを手にした利き手一本で、長さを調整していた。

　反対の手には、着替えなどを入れた荷物だって持っていたのに――すごい！

「駐車場からして広いしな。というか、半分は賃貸だよな？　さすがに自家用車が十台は、ないだろうし」

　しかも、視線は駐車場を見渡していて、側で見ていた俺はビックリだ。

　エンジェルちゃんは完全に動きを読まれている。

「――あ、はい。おじいちゃん家の車は軽が一台で、五台分は近所の方に貸しているみたいです。いつ免許を返納するかは、わからないですが。まあ、駅まで一キロはないですし、いざとなったらタクシーのほうが維持費よりも安いし――なんて、前に言ってました」

「いずれは、長男の伯父さんが同居するんだったっけ？」

「え？　そんな話、いつ出ましたっけ？」

　俺は鷹崎部長や鷲塚さんと話をしながら、母屋へ向かった。

　樹季や武蔵、七生はエリザベスたちを撫でながら双葉たちと歩いているし、きららちゃんはおばあちゃんと手を繋いで、「ふふっ」ってしながら女子話？

そしておじいちゃんは、父さんにこの辺りのことでも説明されているのかな？

相槌を打ちながら、俺たちの前を歩いて行く。

「三回忌で一緒に飲んだときに、そんな話をしていたから。もちろん、他の兄弟が誰も言い出さなければ——ってことだったが。なんでも、奥さんも幼馴染みで、それこそ生まれたときから家族ぐるみで知っている仲だし。奥さんのご実家は、長男さんが継ぐから心配ないけど、自分がこっちに戻る分には、両家に対してできることもあるだろうからって」

鷹崎部長が説明している横で、鷲塚さんが頷いていた。

そう言えば、俺がちびっ子たちを見ている間、鷹崎部長はお祖父ちゃんや伯父さんたちに囲まれて、いろんな話をしていたんだった。

そこへ、獅子倉部長や鷲塚さんも同席はしていたんだろうけど——。

何かにつけて話しかけられていたのは、やっぱり鷹崎部長だったから、いつの間にかこんな話もしていたんだな。

「そうだったんですね。確かに、お墓のこともあるし。いずれは誰かが継ぐことになるんでしょうけど。そうか、陽秀伯父さんや幸恵伯母さんが……」

「いらっしゃい。待ってたのよ！」

——と、ここでお祖母ちゃんが中から出てきた。

俺たちだけでなく、おじいちゃんたちも来るからか、着物に割烹着姿でとても張り切って見える。

「いらっしゃい。よく来てくださった」

「ただいま」

「あ、颯太郎。なんかいつものお仲間さんから、荷物が届いてたぞ。うち宛てにもお菓子が届いていて。あとで礼を頼む」

「了解。受け取りありがとう。伝えておくよ」

格子の引き戸を開いた玄関からは、お祖父ちゃんも出てきて、真っ先におじいちゃんや鷹崎部長、鷲塚さんに挨拶をしてくれる。

「「こんにちは！」」

「「お邪魔しま～す」」

「じーじー、ばーばー、なっちゃ、きたよ～っ」

双葉から七生、きららちゃんも揃ってご挨拶。

「八重さん。私たちまでお招きいただいて、本当にありがとう」

「花さん！　こちらこそ、みんな一緒に来てくれて、嬉しいわ」

お祖母ちゃん同士は、早速キャッキャキャッキャし始める。

歳はお隣のおばあちゃんのほうが上だけど、同じくらいに見えるのは、性格も雰囲気も、いつもふわふわしているからかな?

お祖母ちゃんが常にシャキシャキしているのもあるけどね。

「こんにちは。お邪魔します」

「この度は、お世話になります」

「俺どころか、ナイトたちまで。すみません!」

俺と鷹崎部長、鷲塚さんも挨拶をする。

「バウ!」

「「みゃ〜っ」」

――と、家の中から、ぱっと見た感じドーベルマンみたいな顔つきの犬とキジトラの猫が二匹……いや、五匹も出てきた!

そういえば、前に完兄さんから聞いたことがあった。

最初に拾った雑種の小犬が、今は四十キロクラスの大型犬になっていて、そこへ野良猫が敷地内で仔猫を産んでしまって。仔猫の里親募集はしているものの、犬も一緒になって育児をしているし、きっとこのまま飼うことになるんだろうな――とかって話だった。

どうやら一匹も里子には出されなかったようだ。

みんな色違いの首輪をしていて、可愛い！

ただし、この時点で老夫婦だけの静かな二人暮らしとは無縁だろうことは、想像が付いた。サイズこそ違えど、わんにゃん合わせて六匹ってところで、もうエリザベス一家とエンジェルちゃんが一緒にいるのと同じだ。

鷹崎部長曰く「犬と違って猫は飛ぶんだ」ってことで、もっとちょこまかしているかもしれない。

「わ！ にゃんこちゃんがたくさんいる。エンジェルちゃん、お友達よ！」

「本当だ！ 可愛い!!」

「みゃん！」

「「パウパウ」」

ここで真っ先に浮かれて喜んだのはきららちゃんと武蔵だったが、エンジェルちゃんやナイトはすかさずエリザベスの後ろに隠れた。

エイトは負けん気が強いのかな？ エリザベスの隣でピシッと立っている。が、尻尾の垂れ具合を見ると、ちょっと怯（ひる）んでいるのがわかる。

体格だけならエリザベスのほうが大きいし、エイトやナイトだってここの犬と大差はないだろう。

　だが、雑種とはいえ、相手は顔も身体もドーベルマンっぽくて、見るからに賢そうで筋肉質で厳つい雰囲気満々だ。同じ雄犬でも、のほほんとした顔つきに性格のエリザベスたちとは、ちょっと違って見える。

（あ！　これは、びびっちゃった？　警戒し合っちゃうか!?）

　俺は、ここに来て、エリザベスたちを連れてきたのは、まずかったのかな？　ここにも犬猫がいるって知っていたのに、すっかり忘れていたことに反省が起こる。

「「みゃん」」

「「みゃ～」」

　ただ、俺の反省や焦りは、すぐに解消された。

　まだまだ悪戯盛りで好奇心旺盛だろう仔猫たちが、エンジェルちゃんやエリザベスたちに「遊んで」「構って」と、すり寄り始めたからだ。

　このあたりは、体格がどうより、エリザベスたちのゆるい雰囲気が、仔猫たちには安心できたのかな？　母猫もあまり警戒していないみたいだ。

　武蔵やきららちゃん、七生がしゃがんで、一緒になって「おいで～」と両手を伸ばすと、円らな瞳をクリクリさせて、撫でられにいく。

　そしてエリザベスとここの犬も、どちらからともなく近づき合うと、互いの匂いを嗅ぎ合って――。

(あ――。厳ついのは見た目だけで、性格は穏やかそう。育児中のお父さん同士で立ち話しているみたいな雰囲気になってきた)

実際はどうだかわからないけど、俺にはそんなふうに見えた。

エリザベスのリードを持っていた充功がしゃがんで、相手の犬に手の甲を差し出すと、「クン」ってしてから、尻尾を振った。

そのまま充功に、胸や首を撫でさせてくれて、これなら大丈夫かな――って距離に近づく。

(同じ雑種でも、洋犬の血が濃い方が、よりフレンドリーなのかな？　日本犬だと、けっこう用心深いし。特に柴なんか、一番狼の遺伝子に近いらしいから)

「さ、とにかく中へ。みんな上がって」

――と、ここでお祖母ちゃんが、声をかけてきた。

どうやらエリザベスたちの交流に固唾を呑んでいたのは、俺だけではなかったようだ。

「おお。そうだな。颯太郎、寧。皆さんを中へ。荷物を置いたら、今日のうちに墓参りを済ますんだろう？」

「ああ。そのほうがいいかなと思って」

「はい。そうしたら、みんな中へ」

お祖父ちゃんから指名を受けて、俺と父さんがここへは初めて来た鷹崎部長たちを家の中へ案内していく。

「土間か——。広いな、上がり框も大きくて。——小窓に西洋のステンドグラス？　代々住み続けて、そのときそのときに主の好みで手入れをしてきたから、この形になったってことか」

「ここだけで、十数畳はありそうですね。それに、オーブン機能が付いた薪ストーブや、ベンチセットまであって。このままここで寛げそうです」

上がり框に荷物を置いても、混雑することなく靴を脱いで上がっていける広さに、鷹崎部長や鷲塚さんが感心してくれた。

「父さんが小さい頃は、常に兄弟の友達が来ていて、ここで遊んでいたらしいよ。けど、家の中に上がり込むでもなく、座れる場所があったら、そうなるよね」

双葉の説明に、鷹崎部長も鷲塚さんも「それは確かに」「そうなるよな」と頷いている。

俺たちからすると、ここは父親の田舎——なんとなく田舎の家はこんな感じで広いものだっていう認識になっているけど、普通の民家って考えたら確かに広い。

そういえば弟が一人、また一人増えて、うちが徐々に大家族になっていっても、特に親戚関係が「可愛い！」「また颯太郎そっくりだ！」以外に、何も言わなかったのって、「このまま手狭になっても、颯太郎の仕事なら鎌倉の家に移り住むって方法もあるからな」って、受け皿的な共通認識があったからなんだろう。

母さんとお祖母ちゃんも、最初はともかく、俺が生まれてからの嫁姑関係は良好だったし。それこそ万が一にも、お祖父ちゃんたちに同居人が必要な事態になったら、フリーランスの父さんが一番動きやすいのは、母さんも承知していたはずだから。

ただし、今の家に越して、お母さんと隣のおばあちゃんが実の母娘みたいな関係になってからは、「いざとなったらどっちの親も心配だし、どうしよう！」って、なっていたかもしれないが――。

まあ、母さんなら「いっそ隣家ごと鎌倉へ」とか言い出していたのかな？

お祖父ちゃんお祖母ちゃんが、先祖代々の墓守でこの土地から動く気がないのは、理解していたし。

うちのほうは、お隣さん含めて誰も墓守はしていなかったからね。

「古材を使ったベンチに、オーブン付きの薪ストーブも素敵ね～。回覧板を届けに来たら、そのままお茶して、話し込んでしまいそう」

「うむ。こういう昔ながらの作りも、趣があってええの～。子供たちの目も、キラキラしておる」

俺があれこれ考えていると、おばあちゃんとおじいちゃんも土間を見回しながら、目を輝かせていた。

(やっと決まったリフォーム内容に、この二泊三日で影響が出ないといいけど)

さすがに今から土間は増やせないだろうが――。

俺は、アイランドキッチンの話をしていたときと同じくらい、ベンチや薪ストーブに目が釘付けになっているおばあちゃんに、少しドキドキしてしまった。

もっとも、ここにある薪ストーブは、俺たち孫が生まれてからは、滅多に火入れをされていなくて、飾りになっている。

やっぱり小さい子がいるうちは、危ないからね――って話をしたら、おじいちゃん、おばあちゃんもすぐに「そうか!」「そうよね」となって、なかったことにしてくれるだろうけどね!

＊＊＊

それから俺たちは、客間に荷物を置いて、ここでもお墓参りを済ませた。

お寺もお墓も徒歩で行ける距離にあるので、ちびっ子たちと一緒に向かったところで、一時間もあれば掃除まで済ませて帰ってこられる。

（ご先祖様。我が家もこんなに家族が増えました。これからもどうか、俺たちを見守ってくださいね。代々、兄弟が多くて、子々孫々まで見るのは相当大変だと思いますが、よろしくお願いします！）

ここでも鷹崎部長は、ちょっと緊張しているようだった。

俺は合掌しながら、こうなったら「四世帯まとめてよろしく！」とお願いをして、念入りにお墓も洗った。

「じーちゃん、お墓を流しましょう♪」

「ばーちゃんもピカピカ♪　ピカピカピ♪」

すると、ここでも樹季と武蔵の謎な替え歌（これは、肩たたきの歌？）が炸裂！

まるでお風呂で背中を流すみたいに、背面をセッセと洗っている姿を目にした途端に、緊張どころではなくなった。

（こ、これは……!?　日中は歌ってなかったのに！　二カ所回ったことで、思いついたのかな？　けど替え歌だとしても、〝お〟と〝ましょう〟しか合ってないんだけど！）

場が場だけに、笑いを堪えるのに大変そうだった。

鷲塚さんや父さんたちどころか、これには士郎やおじいちゃんおばあちゃんだって吹き出していたのに！

そして、七生はと言えば、

「ひっちゃ、なっちゃもごしごしよ」

俺の側で覚えたてのお墓掃除を一生懸命頑張っていた。

それこそ、小さな両手で大きなたわしを持って、

（あ！　それで背中流しみたいな発想になったのか！）

——駄目だ。

これは、俺も吹き出しそうになった。

「そうそう。上手だね。きっとご先祖様たちも喜んでるよ」

鷹崎部長じゃないけど、笑いを堪えて、頑張る七生を褒める。

「やっちゃ〜っ」

七生をここへ連れてきたのは、今日が初めてだから、もしかしたら御先祖様たちに「颯太郎のところに、また同じ顔が増えたぞ！」「なんだか、初めて見る大人や子供が増えてるぞ！」なんて、驚かれているかもしれない。

「ウリエル様。お墓のおじいちゃんやおばあちゃんたちに、七くんやきらちゃんも増えまし

た！　パパやおじいちゃん、おばあちゃん、みーんなのこともをよろしくねって言っておいたからね！　そしたら、はーい。わかったよ～って、お返事ももらったからね！」

「――!!」

　とはいえ、霊感っぽいものが強いきららちゃんに、俺のふざけた想像をそのまま言葉にされたときには、ちょっと背筋が震えたけどね！

　そうして家に戻る頃には、お祖母ちゃんがテーブルいっぱいに食事を並べてくれていた。

「わ！　すごいご馳走だ」

「パーティーみたい！」

「お正月とかお誕生日みたいだ！」

「ひゃ～。うんまね！」

　この人数だし、父さんも前以て同級生が営む仕出し屋さんに、オードブルを頼んでいた。けど、それにも増してテーブルには、お祖母ちゃんの手作り料理でいっぱいだった。

　煮物や海苔巻き、お稲荷さん。だし巻き玉子に、鎌倉発祥のけんちん汁。

　ちびっ子たち向けに、唐揚げやポテトフライ、ミニハンバーグにタコさんウインナー、ナポリタンやサンドイッチなんかもある。

　きっと、みんなが来るって決まった昨夜から、準備をしてくれたんだろう。

これにはちびっ子たちも、お隣のおばあちゃんたちも大感激していた。

「颯太郎！　注文、ありがとうな‼」

しかも、夕飯にはオードブルを届けてくれた仕出し屋の鈴木さんと一緒に、その隣に住む佐藤さんも顔を出してくれて、

「元気そうだな、颯太郎」

「鈴木！　佐藤も来てくれたのか。ありがとう」

「おお！　鈴木に佐藤か。久しぶりだな。よかったら上がっていってくれ」

「え？　先生。でも、それは申し訳ないでしょう」

「時間があるなら、ぜひ。だって、あなたたちも颯太郎に会うの、久しぶりでしょう」

「ありがとうございます！　そうしたら、少しだけ」

お祖父ちゃんやお祖母ちゃんからの声かけで、急遽、飛び入り参加してもらった。

元学校の先生で、校長先生まで勤め上げて定年になったお祖父ちゃんは、父さん兄弟の学校では教壇に立ったことがないにもかかわらず、お友達からは「先生」と呼ばれている。

そしてそれは、町内関係でも同じで、もう「あだ名」みたいなものらしい。

とはいえ、お祖父ちゃんの性格からしたら、常に「そう呼ばれるに相応しい人間であろう」になるだろうから、一生気が抜けなさそうで心配だ。

そう考えると、鷹崎部長の「部長」呼びも重荷（おもに）になるかな？

そんなことが頭によぎりつつも、

（わ！　今度は何屋の佐藤さんだろう）

俺は、ここでも「佐藤さん」に反応してしまった。

鈴木さんもそうだけど、佐藤さんや加藤（かとう）さん、高橋（たかはし）さんという苗字（みょうじ）は、やっぱり多い。

中でも仕事関係で「佐藤さん」と知り合う頻度が高いので、俺は思わずそんなことを考えた。

「一瞬、また農家の佐藤さんかと思いました」

「普通にお勤めだったな」

そうしたら、鷲塚さんや鷹崎部長も同じことを考えていたみたいで、俺はここでも吹き出しそうになった。

うん！　父さんの幼馴染みの佐藤さんは、サラリーマン家庭の佐藤さんだった。


そうして、賑やかな夕飯を済ませて、その後は順番にお風呂へ入った。

「襖を取っ払ったら大宴会場になるって作りは、昔ながらの日本家屋ですけど、それ以上にお風呂が旅館レベルでしたね。洗い場が二カ所に四人は同時に入れる檜(ひのき)の浴槽(よくそう)。でもって、あとから燃費(ねんぴ)を考えて老夫婦用に増築された一般のお風呂とか――。普通、二つはないですよね」

「そうだな。だが、水道代や燃費を考えると、大きいほうは来客時に使用っていうのが、効率としてはいいんだろうな。たまに広い風呂で――というのも、いい気分転換になりそうだし」

ここでも鷲塚さんと鷹崎部長は関心しきり。

お隣のおじいちゃんとおばあちゃんにいたっては、

「リフォーム。思い切って、お風呂場を大きめにしてよかったですね」

「ふむふむ。一日の疲れを癒やすにしても、兄弟仲良く入るにしても、風呂は大事じゃからの～。ほっほっほっ」

新居の図面を思い起こしていたのか、エリザベスが後ずさりするほどニンマリしていた。

そう！　俺が物干し兼用のサンルームにはしゃいだり、おばあちゃんがアイランドキッチンにときめいたりしている側で、おじいちゃんがこだわりたいと主張したのが、実はお風呂だった。

もともと温泉大好きなおじいちゃんは、どうせならちょっと広い湯船に浸かりたい、なんなら家庭風呂っぽくない造りがええの――などと言って、今の倍近いスペースをお風呂場に取っていた。

これこそが、配管から工事し直すスケルトンリフォームの醍醐味なのだろうが、それにしたってすごい！

俺自身は最初、そんなことをしたら水道光熱費が！　って思ったけど。

家族が短時間でお風呂を済ませて、残り湯も洗濯水に再利用するって考えたら、工夫次第で節約は可能かな？　って考えた。

しかも、士郎や充功が「お風呂場は広いほうが、介助が必要になったときに楽じゃない？」とか「エリザベスたちを洗うのに、めっちゃ楽だぞ！」って耳打ちしてきて、「そうか！」となった。

家守社長もそれとなくバリアフリーの提案はしてくれて、せっかくこのタイミングでリフォームをするのだから、当面での住みやすさもさることながら、将来的なことも視野に入れて――って、いろいろ考えて設計してくれた。

新しい家は、いろんな意味で〝みんなが楽しく住める家〟になるんじゃないかな――って、今はもう期待しかなかった。

3

こうして迎えた翌日、二泊三日の二日目。

俺たちは朝から、いっそう賑やかなことになっていた。

「わ！　お揃いのお洋服だ!!　パパ、見て。きららの分もあるよ！　いっぱい！」

「本当だ。すごいな」

昨夜はすっかり忘れていたが、父さんのお仲間さんから届いたという荷物、大きなダンボールを開封！

すると、中からお揃いの服が人数分出てきたからだ。

「わーい！　新しい服だ!!」

「お父さん、今日はこれ着ていいの!?」

「いいよ。そのために、こっちへ届けてくれたようなものだし」

「やっちゃ〜っ」

聞けば、ゴールデンウイークに着てもらおうと、自宅に送るつもりで連絡をしたら、こちらへ来ると知ったお仲間さんが、「それなら！」と、鎌倉宛に発送してくれたのだった。

車で来ていることは知っているので、持ち帰るにしても、問題はないし。

お祖父ちゃん、お祖母ちゃんにも、赤坂ポッポのギフトが届いて大喜びだ。

「父さんのお仲間さん。この前、モモンガセットを贈ってくれたばかりなのに」

「四世帯全員分じゃないだけ、まだ堪えたのかもよ。あと、寧兄もまだまだ俺たちと一緒扱いってことが、これでわかったね！」

「――みたいだね」

お揃いの服は、お正月のときにも着ていたモノクロお出かけ着の初夏バージョン。

そろそろ俺は卒業じゃないのかな？　と思いつつも、ここは「兄弟セット」でのお揃いらしい。

シンプルなTシャツやジャケット、パンツにベストやパーカー、いろんな丈のソックスと、形や色違いで個性を出しているけど、一目でお揃いとわかる仕様だ。

中でもきららちゃん用は、作る側も楽しかったのかな？

Tシャツにブラウス、ベストにジャケット、パーカーにキュロット、スカートも膝上と膝下の二枚！　きららちゃんが二人いても、双子ルックができそうな枚数が入っていて、形は俺たちのとそう変わらないんだけど、袖口や裾に控えめなフリルやリボンが付いていて、「シンプルシックだけど可愛い！」フルセットだった。

うん！　やっぱり、作り出したら「あれもこれも」ってなっちゃったんだろうな。メンズ用は俺から七生でフルパターンを作れるけど、ガールズ用はきららちゃんだけだし。

あとは俺の想像だけど、キュロットやスカートのウエストがゴムでベルトで調整式だから、きららちゃんなら二、三年は着られる仕様だ。上着さえあれば、樹季や武蔵、七生としばらくはお揃い服が着られるってことだ。

「お下がりできるように大事に着なきゃ！」

――そう言ったら、双葉には「やだな、寧兄。これ、毎年送られてきてるセットじゃん。年々増えて、次第に普段着に落ちるパターンだよ」って、笑われちゃったけどね。

「ってか、さ。気持ちや趣味で作ってくれているとはいえ、高級メンズブランドのデザイナーさんの手作りって。俺たち、けっこう最近まで価値もわからないまま〝ありがとう〟って着てきたけど、これってめっちゃ贅沢だよな」

こうなると、本当は充功の舞台衣装も、はりきりたかったんだろうな。

まさか「♪(おんぷ)キャラ」で「♪ルック」になるとは、デザイナーさんも思わなかっただろうし。それこそ充功がバラキエル様役になっていたら、うちに送ってきたコスプレ衣装どころでは済まされない力の入れようになっていたかもしれない。

「本当に、ありがたいよね。あとで御礼メールして、写真も送らないと」

俺はスマートフォンを構えると、早速着替え終えたちびっ子たちの写真を撮り始めた。

特にきららちゃんや七生は、揃って「うふふっ」と笑って、ポーズを決めてくれる。

きららちゃんはともかく、真似をしている七生が可笑しい！

そしてそれは、充功や双葉にもツボだったようで、

「これだから、たまに届く破壊力マックスの服でも、ありがと～になるんだろうな。それこそ、聖戦天使のコスプレでもさ！」

「それは――、まあね」

クスクスしつつも、自分のスマートフォンを取り出して、やっぱり写真を撮りまくっていた。

「さ、そろそろ出かけようか」

そうして、思いがけない撮影会が終わった頃、玄関先から父さんの声がした。

「はーい」

今日はメインイベントとも言える電車とモノレール乗り放題の一日だ。

これにはお祖父ちゃん、お祖母ちゃんも参加するので、老若男女合わせて十五名での移

動になる。

ただ、さすがにエリザベスたちは重量オーバーでペット用乗車切符でも乗れない。

「ごめんね、エリザベス、エイト、エンジェルちゃん。申し訳ないけど、みんなで仲良くお留守番しててね」

「バウン」

「パウ！」

「みゃ～」

なので、当家のわんにゃんたちと一緒にお留守番だ。

最初は初めて来る家だし、寂しがるかな？　って心配だった。

けど、こうして声をかけている今でも、エリザベスやエイトの股下には祖父母の家の仔猫が嬉しそうに潜り込んでおり、逆にエンジェルちゃんはドーベルくんの上に乗って、すっかり懐いていた。

そしてそれは、ナイトも同じで――。

「パウパウ～っ」

「おっ！　もっとごねるかと思ったら、元気にお見送りしてくれるんだな。ちょっと寂しいが、安心だ」

ここは「連れて行って〜」って駄々をこねられるかな？　と思っていた分、俺としては拍子抜けだった。

ただし、鷲塚さんの微苦笑からは、ちょっとどころじゃない寂しさを感じたけどね！

「じゃあ、出発だ！」

「「「おー！」」」

そうして充功のかけ声に、ちびっ子たちが元気に返事をして出発だ。

個々に背負ったリュックの中には、ハンカチやティッシュに、万が一を想定した迷子札。あとは、緊急時用のお金と、麦茶を入れた水筒やお菓子を入れている。

七生だけは、ハーネス付きのリュックにオムツパンツとお尻拭きで、それ以外の物は「僕が持つ！」と挙手してくれたので、樹季のリュックに入れてもらっている。

「樹季くん。俺が持つのに」

「ありがとう、鷲塚さん。でも、大丈夫！　僕もう三年生だから！」

「そうか〜。えらいえらい！」

樹季は鷲塚さんに頭を撫でられて、それを見ていたお祖母ちゃんたちからも「まあまあ、樹季ちゃんったら」「樹季も立派になって」と次々に褒められて、いっそうご機嫌だ。

それを見ていた士郎や充功が「だったらランドセルもちゃんと背負いなよ」「ダチに持

たせるなよ」とぼやいていたのなんか、全く気にしない！

うん。これは本当に樹季の能力だ。

充功の一人っ子友達や兄たち、ときには同級生にも甘えるだけ甘えるのに、年下の子や弟たち、きららちゃんの前では全力で頼れるお兄ちゃんに徹する。

さすがは、士郎を担ぎ上げて、学校の支配者を狙うだけのことはある。

ナチュラルに振る舞う自分を含めた周りの動かし方や、自分の見せ方がすごい！

「いっちゃん、俺も一緒に七生の持つ！」

「うん。そうしたら、武蔵はお菓子をお願いね」

「はーい！」

「武蔵も、えらいえらい！」

「へへへっ」

（――武蔵は要領がいいっていうのとは、また違うんだよな。本人が素直だから、嫌みがないし。けど、樹季みたいな言動になると、意識してやろうと思っても、上手くできる子は少ないだろうから、八つ当たりしちゃう子がいたとしても不思議はない。この辺りをカバーしてるのが、強いお兄ちゃんをアピールしている充功なんだろうな。そして、何かと影響力があるのは士郎だ）

そんなことを考えつつも、準備万端！

俺たちは徒歩でＪＲ鎌倉駅へ向かった。


最寄り駅まで一キロもないが、今から疲れてしまっても困る。

七生にだけは行きすがら、鷹崎部長が「抱っこする？」やら、鷲塚さんが「おんぶしようか？」などと声をかけてくれていた。

「なっちゃ、へーきよー！」

「そ、そうか」

まあ、距離としては家から近所の一番大きな公園へ行くのと変わらないから、案外歩けちゃうのかもな。

あとはあれだ！　遊び着とは違うお出かけ着で、なおかつリュックを背負うと、七生の気合いの入り方も変わるんだろう。

こういうところは、大人も子供も変わらないのかもしれない。

また、駅に近づくにつれて、人で賑わう様子もテンションを上げてくれるしね。

「うわ～！　お家みたいな駅だ!!」

「三角の屋根だ！」

そうして鎌倉駅へ到着すると、樹季や武蔵が目を見開いた。

家のほうは、駅ビルと隣接しているから、見た目から何から印象が違うんだろう。

きららちゃんなんか、おばあちゃんたちに「きららのところは、地下の駅なのよ」なんて説明してるし。駅一つをとっても、ちびっ子たちには、初めて見るものとして感動を与えてくれるんだろう。

「ひっちゃ。よーちえん？」

「あ！　確かに似てるかもね」

七生なんか、駅が園舎と同じに見えたらしいし！

本当、俺のほうが「そうくるか」って驚きや感動を常にもらう。

子供ってすごい！

こうした発見は、俺にとっても新鮮だ。自分のときのことはよく覚えてないけど、双葉から七生までの記憶を遡っても、意外と発想が違っていて、見る目や思考にも個性を感じるからね！

「じゃあ、まとめて切符を買ってくるね」

「これぞ大家族特権、八人以上で団体割引乗車券だ！」

「なっちゃも〜！」

「俺も、切符買うの見たい！」

そうしてここからは、タイムスケジュールを纏めた双葉と充功が先導してくれる。

七生と武蔵が興味津々の顔つきで、二人に手を伸ばした。

双葉や充功も弟たちと手を繋いで、満面の笑みで向かう。

昨夜の、お風呂上がりに用意されていたプリントと士郎からの一時間学習に受けた痛手からは、すっかり回復しているようだ。

「双葉くんと充功くん、復活したな」

「今夜の分もあるんですかね？　士郎くんのプリント」

鷹崎部長や鷲塚さんが、ここでも俺と同じことを思い起こしたのか、顔を見合わせる。

すると、これを聞いた士郎がニコリと笑う。

「さすがに今夜の分までは、用意してないですよ。遊び疲れたところに詰め込んでも、寝たら忘れちゃうだけだし。その分は、帰宅してからですね」

「さすがだな」

「本当に」

そうとしか言い様がないが、士郎の家庭内学習の講師ぶりは徹底している。

でも、これだけきちんと予定を立ててくれて、二人どころか弟たちの様子にも常に気を配ってくれているんだから、士郎だって気を張っているはずだ。

士郎自身への気遣いは、俺が忘れないようにしないとね！

「切符、買ってきたぞ」

「俺と七生で駅員さんに、切符くださいってしたよ！」

「ね～」

「混んでるからハグれないように、ここから樹季たちは手を繋ごうな！」

「はーい」

充功や双葉が切符を買ってくると、ここからは大人一人にちびっ子一人を担当だ。

「わーい。電車だ～」

「きっぱ、でんでんね～」

ただ、俺が七生を——のつもりでいたのに、七生自ら鷹崎部長に手を伸ばしたものだから、意表を突かれた。面白いくらい、みんな揃って驚いた顔をしている。

「あ、ああ」

鷹崎部長の動揺ぶりもけっこうすごい。嬉しいよりも、驚きが増している顔だ。

それこそ鷲塚さんがぼそっと、

「しーしー、えーんえーんねの練習かな？」

そう呟いたのが的を射すぎていて、もう少しで盛大に吹き出しそうだった。

もっとも、七生自身は鷹崎部長ならいつでも抱っこしてもらえるから選んだのかな？

どちらにしても気紛れではなく、何かしらの意図を感じるところが恐るべし二歳児！

だったけどね。

「そしたら、きららはウリエル様と！」

「僕、鷲塚さん！」

「俺、ふたちゃん！」

そうして次々にちびっ子担当が指名で決まっていく。

が、こういうときに士郎の年頃は微妙だ。

「そうしたら僕は――」

「いや、ねえし」

何の気なしに向けた視線の先に充功と目が合い、照れくさそうに否定されていた。

けど、ああ言っても、まんざらでもない顔だな――なんて思っていたら、

「誰も充功となんて言わないよ。僕ら二人はおばあちゃんたち。お父さんには、一人でおじいちゃんたちのことを気をつけてもらったら、きっちり収まるよ」

「――」

さらっと担当振りをされて、ちょっと不満そうだった。

(充功！　本当、士郎大好きだよなっ！)

俺はきららちゃんと手を繋ぎながら、お腹が捩れそうだった。

何でもないようなお出かけ一つだけど、家族が揃っているだけで次々と笑いが込み上げる。みんなのクルクル変わる表情を見ているだけで、不思議なくらい温かな気持ちになれるって、幸せなことだ。

でも、それは俺だけじゃない。きっと一緒にいる全員だろうな！

「じゃあ、中へ。改札はこっちからまとめて～」

「ハグれるなよ！」

そうして俺たち一行は、鎌倉駅から大船駅へ向かった。

普段、通勤で乗り慣れた電車も、一家総出だと景色が変わって見える。

俺でさえそうなんだから、ちびっ子たちの目はもうキラキラだ。

そんなちびっ子たちを見守る大人たちの目も、自然と優しいものになる。

そして、大船駅へ到着すると、ここからは湘南モノレールで終点・湘南江の島駅へ向かう。

この線には、一日フリーきっぷ——往復で元が取れる上に乗り降り自由——もあるけど、やっぱり普通団体八人以上で大人・小児とも三十％引きは最強だ。

まだ江ノ電にも乗るし、モノレールでの途中下車はないから、余計にね！

「どきどきするね」

「わくわくするね」

「はらはらだよ！」

「なっちゃもよぉ」

俺たちはモノレールのホームへ移動した。

とはいえ、この人数でゾロゾロ、子供たちはお揃いルックだ。鎌倉駅に着いたあたりから、振り返る人がいたけど、そのたびにちびっ子たちの誰かと目が合うものだから、周りの人たちも優しかった。

樹季や武蔵、七生は、誰彼構わず笑顔で返すのが習慣になっているし、きららちゃんの微笑はやっぱり圧巻だ！

成人男性がデレるのには警戒心マックスになるが、おば様やお姉さんたちまで「きゃっ！」ってなって、小さく手を振ってくれるのを見ると、俺も顔が緩みそうになる。

というか、おばあちゃんはともかく、「うちの孫、美人でしょう」と言いたげなお祖母ちゃんの笑顔がすごい！

どこを見ても男児ばかりだったから、初めての女児が本当に嬉しいんだろう。

（あ、お祖父ちゃんもデレデレだった！）

——なんて、周りのことも気にしつつ。

俺たちは、三両編成のモノレールの進行方向に向かって、先頭車両に乗り込んだ。

中には、横座りの席と、四人掛けのボックスシートがセットされている。

席が向かい合っているタイプに座るだけでも、旅行気分が爆上がりだ。

ここでも双葉や充功の指示で、席へ座った。

俺と鷹崎部長はきららちゃんと七生を膝に載せて、樹季、武蔵と一緒。

うしろのボックス席には、士郎と双葉、鷲塚さんと父さん。

でもって、通路を挟んだ隣の席には、お祖父ちゃん、お祖母ちゃんたちの四人。

そして、充功だけは座ることなく、ビデオカメラを手に俺たちの席の横に立っている。

（やっぱり始発駅で乗車タイミングを計って、正解だな。普段の乗車率はわからないけど、結構混んできた。あ、出発だ！）

アナウンスと共にモノレールが動き出すと、なんだか俺もドキドキしてきた。

「う、うわ〜っ。寧くん。地面がないよ、浮いてるよ」

「きゃっ。パパ、電車が飛んでる」

「うわわわわっ。ひとちゃん、柱にぶつかるよぉ〜っ」

「ひゃ〜っ」

先に「大きな声は駄目だよ」と言いつけてあるので、みんな両手で口を押さえながら、興奮具合を小声で表している。

これを見た周りの乗客たちが吹き出しそうになってしまい、中には真剣な顔つきで弟たちを録画している充功を見ながら、笑いを堪えている人も居た。

そして近くの女性たちは鷹崎部長を凝視！

まあ、これはいつものことだから、俺はグッと我慢し、窓の外に目を向ける!!

「わ〜。いっちゃん、下に車が走ってるよ」

「うん。線路がないと、足がもぞもぞするね」

（足がもぞもぞ!?　俺だけじゃないのか）

それにしても、モノレールが駅から出たときには、空へ飛び出していく感じがした。

視界のためか、地に足が着いていない感覚は、飛行機とは違う。

遊園地のジェットコースターや空中ブランコを合わせたような感覚だ。

(これって高所恐怖症の人が乗った場合はどうなんだろう?)

俺は、そういうのがないほうだとは思うが――。

しかし、目が慣れるまでは、けっこう落ち着かないかも? なんて思っていた。

「脳は視界から得たデータを、過去の経験や潜在意識と照らし合わせて判断をするだろうから、最初は浮遊感として捉えるのかもね。二度目なら、そうでもないのかもしれないけど」

――と、背後から士郎の声が。

「あ、そういうものなのか」

「そう言われると、そうかもね」

双葉どころか鷲塚さんまで納得している!

(そうか。俺の記憶が、これは飛行機より遊園地の乗り物に似てるって、判断したってことなのか)

俺も一緒になって納得してしまった。

「駅だ!」

「頭の線路が二つになった」

「前からもモノレールが来たよ！　ぶつからないの、すごいね。ちゃんと二つに分かれるんだね」

　そうこうしている間に、富士見町駅へ着いた。

　上りと下りがここで入れ違うのかな？

　この駅では、両方から着いたモノレールが停まれるようになっている。

「一つに戻った！」

　そして、次の湘南町屋駅では、また片側のレーンのみに戻った。

　こうしてみると、乗ってみないとわからない仕様に感動がある。

　また、この頃には目が慣れて、鷹崎部長も似たような感じかな？

　目が合うと口角を上げた。

（こんなときでも、カッコイイ！）

　テンションが上がるばかりの中、モノレールは住宅街の中を進む。

「お家の中を飛んでるみたい」

「また駅が二つだよ」

　湘南深沢駅も上下両方から同時に停まれる駅だ。

　窓の外に釘付けになっているちびっ子たちの目が、大きく見開く。

西鎌倉駅へ向かう頃には、視界に緑が増えてくる。

「わ！　なんか道路から逸れた」

「急に周りが狭くなったよ。ぶつかりそう」

「山の中に入る！　トンネルだ！」

「ひゃ〜っ」

そうしてモノレールは、更にアトラクション化してきた。

この辺りは小高い山も多いので、路線内にトンネルは二カ所ある。

（けっこう、ギリギリを攻めていく感じなんだな）

そもそも住宅街のメイン道路に合わせて作られているのもあり、走行が上か下かという以前に、うちのほうでは味わえない乗り心地だ。

「出た‼　山から下るの、ジェットコースターみたい」

「信号もあるよ」

西鎌倉駅までは意外と長かった。

そしてこの駅も両側のレーンから乗り降りできるようになっている。

（駅から出るときは、やっぱり飛び出すような感覚だな。つい、下を見るからだろうけど）

「すごい。すぐ側にお家があるよ」

そうしてモノレールは片瀬山駅へ。

再び走り出した頃には、大分乗客が減っている。

そう言えば、各駅で降りていく人がいるたびに、ちびっ子たちに手を振ってくれていた。

俺が思うより、観光客で埋まっていたわけではなかったらしい。

「みんな。海が見えてきたわよ」

――と、ここで隣のボックス席から、お祖母ちゃんが声をかけてきた。

反対側の窓の向こうに、水平線がチラリと見える。

「本当だ！」

「海！」

「あ、隠れちゃった」

「!?」

見えたのは一瞬だったけど、身を乗り出して嬉しそうに笑う樹季と武蔵、きららちゃんが印象的だ。

そしてそれと同じくらい、水平線自体がわからない七生の眉がハの字になっていて、ビデオを構える充功の口角を一気に上げさせていた。

（――まあ、そうだよね。笑顔もいいけど、変顔も撮りたいもんね）

そうこうするうちに、モノレールは目白山下駅へ着いた。

この先には、二つ目のトンネルがあり、これをくぐり抜けたら終点・湘南江の島駅だ。

片道十四分程度の乗車だったが、まさかこんなにいろんな感動を覚えるとは思わなかった。

（大人だけだと、こうは行かないよな。ちびっ子たちと同じ目線で見ているからこその感動なんだろうな）

「わ〜っ。充電だ〜っ！」

（ん!?）

——と、最後の最後に武蔵が可笑しなことを口走った。

なんのことだかまったく意味がわからず、俺や鷹崎部長だけでなく、充功や樹季、きららちゃん、七生まで一斉に首を傾げる。

「駅に入るモノレールが、USBケーブルの端子みたいだってことじゃない？」

すると、背後から士郎の解説が聞こえた。

「……あ！」

「なるほど!!」

（え!?）

なぜか俺たちより先に、側に立っていた他の乗客が声を漏らした。

思わず、みんなで顔を見合わせながら、笑ってしまう。

(だよね！　一瞬、なんのことかと思うのは、みんな一緒だよね)

トンネル出口の高さに合わせて作られた家のような駅に、車両が吸い込まれるように入っていく様が、武蔵には差し込み口と端子のように思えたんだろう。というか、これを一瞬で理解する士郎がすごいのはもちろん、発想できる武蔵もすごくないか!?

しかも、一度武蔵の言うことを理解すると、そうとしか見えなくなってくるのが不思議だ。多分これって、俺だけではないだろう。

何せ、他の乗客の人たちも、「充電器か」「端子か」「そうか～」なんて口々にしながらモノレールを降りて行った。

それにホームや改札口では、ちびっ子たちに「ばいばい」「旅行かな？　楽しんでね」って声をかけて、手を振ってくれたからね！

「すっごい！　楽しかった!!」

「きらら、反対も乗りたい」

「うんうん。俺も！」

「なっちゃも！」

こうして俺たちは、初めての懸垂式モノレールを乗車賃以上に堪能した。

最後の「充電だ～」は、まさにちびっ子たちと一緒でなければ味わえない感動だったし。

逆に、今のようにちびっ子たちを見ていて起こる感動は、子供の頃には味わえない。

自分が大人になったからこそ覚えるものだろうから、こうして考えてみると成長していくのも悪くないよな——なんて思った。

「ウリエル様。これ、反対も乗っていいんだよね？」

「うん。一度駅に降りて、切符を買い直してからね」

「「やった！」」

「やっちゃ！」

江ノ電を始発駅から終点まで乗るためとはいえ、モノレール自体も往復乗ろうと計画したのは、大当たりのようだ。

ちびっ子たちだけでなく、俺も嬉しい！

「往復に決めて正解だな」

「動画で見るのとは、やっぱり違うしな」

双葉と充功も、互いに親指を立てて向け合っている。

でも、そんな二人をジッと見ながら、うんうんと頷いていた士郎が、そしてそれを見て笑いを堪えている鷹崎部長や鷲塚さん、父さんの姿が、俺には一番ツボだった。

ただし、お祖父ちゃん、お祖母ちゃんたちは、こんな俺を見て笑っていたけどね！

＊＊＊

湘南江の島駅の周辺で、少し散歩をしてから、俺たちは再び湘南モノレールで大船駅へ向かった。

そして、大船駅からＪＲで藤沢駅へ移動し、ここから江ノ電で鎌倉駅へ戻る。

ここでの切符は、双葉と充功が途中で乗り降りできる一日乗車券「のりおりくん」を選択した。

見て回るにしても、食事を摂るにしても、気になる場所が多かったらしく、湘南モノレールはアトラクション的に楽しんで、江ノ電は観光利用しつつ楽しむパターンだ。

けど、俺としては、モノレールでの乗り降りには、どうしても駅での階段利用が増えるから、これでよかったと思っている。エレベーターもあるけど、この人数だとやっぱり半分は必然的に階段だからね。

ただ、お祖父ちゃんたち四人は、藤沢(ふじさわ)で昼食を済ませたところで、先に帰宅を選んだ。

「それじゃあ、わしらはここで」

「颯太郎、寧。言ってくれれば七生たちを駅まで迎えに行くからな」

「ありがとう。父さん」

「はい。お祖父ちゃん」

エリザベスたちのことが心配なのもあるが、ちびっ子たちがあっちこっちと行きたがったときに、自分たちが疲れて足を止めることになってしまったら申し訳ないから——ということだった。

「みんな、気をつけて帰ってきてね」

「またあとでね」

「「「はーい。またね！」」」

「じーじーばーばー、あとね〜っ」

そんな気遣いもしてもらい、俺たちはそこからのりおりくんをフル活用して、江ノ電移動を楽しんだ。

（あ、いつの間にか七生が〝ばいばい〟じゃなくて〝あとでね〟を覚えてる！　〝あっとね〜〟は、ありがとうだから、使い分けもされている！）

藤沢駅から江ノ電へ乗るときには、モノレール同様、ちびっ子たちが座れるように電車を一本遅らせたり、他のお客さんに迷惑にならないように話し声を小さくしたりして。

また、途中下車で乗り降りするときには、特に気をつけるようにして、七生はそのたびに誰かが抱っこする。

「道路だ〜。車と一緒に走ってる〜」

「きららの言うとおり、電車が道路を走ってる」

「でしょう！」

「うわ〜っ」

樹季たちは、ここでも目をキラキラとさせながら、変わりゆく車窓に夢中になっていた。

特に江の島駅から腰越(こしごえ)駅までの路線区間では、すぐ側を走る車を見ながら溜め息の嵐。

「それでも江ノ島電鉄は、軌道法(きどうほう)ではなく鉄道事業法に則(のっと)って運営されているから、路面電車じゃなくて鉄道扱いなんだよね」

「そうなんだ」

「まあ、路面部分も一部だしな」

士郎からは、鷲塚さんじゃないけど「そうなんだ！」って話も飛び出して。

腰越駅を出てから海が見え始めたときには、再びちびっ子たちからは声を抑えに抑えた歓声が漏れ始めた。

「うわ～。海、広いね。双葉くん」

「ああ」

「士郎くん。お空が青くて綺麗よ～」

「うん。綺麗だね」

「みっちゃん。今日は海のところまで行けるの？」

「おう！　次の鎌倉高校前駅で降りるからな」

「わっちゃ！　抱っこ！」

「えっ！　俺!?」

　この辺りは、ドラマやＣＭで幾度となく見てきた景色だけど、俺にとってはそれだけの場所だった。

けど、この場所にみんなの笑顔が加わるだけで、特別な場所へと上書きされていく。

（こんなふうに、これからいろんな場所が、家族の思い出の地になっていくといいな――）

　そうして俺たちは、鎌倉高校前駅で下車をすると、行き交う車に気をつけながら、海辺を歩くことにした。

　時期的に観光客だけでなく、地元のサーファーさんたちでも賑わっている。

　青い海と青い空、潮の香りを載せてくる穏やかな海風も最高だ。

特に七生なんて、この中で一番長身な鷲塚さんに抱っこどころか肩車をしてもらって、両手を太陽に掲げておおはしゃぎ。

ただ、ここまで機嫌がいいと、俺の目には若干心配に見えた。

「父さん。七生は獅子倉部長の前に、鷹崎部長や鷲塚さんで〝大好き抱っこ〟の練習をしてるのかな？」

「大好き抱っこより、えーんえーんさせるほうだと思うけど」

「――俺も、そう思います」

父さんは笑って答えてくれたが、同意した鷹崎部長の表情は複雑そうだった。

（やっぱり、えーんえーんのほうか）

もちろん、七生の本心は七生のみぞ知る、だけどね。

「ひっちゃ！　抱っこ!!」

それでも、初夏の太陽に負けない笑顔で両手を伸ばされたら、拒める者はここにはいない。

「はーい。おいで、七生！」

結局俺も両手を伸ばして、鷲塚さんから七生をキャッチ！

「ひっちゃ、だいだいよ～」

「俺も七生が大好きだよ！」

ぎゅうして、頬ずりして、ほっぺにチュウ——今日もラブラブだ！

ただし、ここから七生は行く先々で、父さんや双葉、充功や士郎、樹季たちにも順番で「抱っこ！」の指名をしていった。

それこそ武蔵やきららちゃんはハグして「ぎゅ～」になったが、全員くまなく網羅（もうら）したと思ったら、

「しーしー、えーんえーんね」

残るは獅子倉部長だけだと言わんばかりに、ニンマリと笑っていたのだった。


途中下車を繰り返しながら、江ノ電沿線観光を満喫した俺たちは、六時すぎには鎌倉の家へ帰った。

お風呂、食事、寝床などの準備はお祖母ちゃんたちが、そしてエリザベスたちの運動（庭で思い切り遊ばせる！）は、お祖父ちゃんたちがすべてしてくれた。

「全部してもらうばかりで、ごめんなさい。ありがとうございます」

さすがに食後の片付けは、父さんと俺、そしてきららちゃんも一緒にした。

弟たちのお風呂は双葉や充功が見てくれるし、お祖父ちゃんたちのお相手は鷹崎部長と鷲塚さんがしてくれていて、現在将棋（しょうぎ）大会を開催中だ。

これにはお風呂から上がったら双葉や充功、何より士郎も参戦するとあって、居間では妙な盛り上がりを見せている。

「気にしなくていいのよ、寧。花さんと一緒だと、何をしても楽しいわ。そこはお祖父さんも一緒だと思うし。何より今だって、鷹崎部長さんたちにお相手してもらって――。相当喜んでいるからね」

お皿を片付けながら、お祖母ちゃんが居間のほうをチラリと見る。

状況がわかるだけに、これだけで父さんもクスッと笑う。

「そうよ、寧ちゃん。そうして気を遣ってもらえるのはとっても嬉しいけど、これも同居になったら普通のことよ。ごめんなさいは、いらないわ。ありがとうだけで十分嬉しい。なんなら、もっと甘えてほしいくらい」

おばあちゃんもきららちゃんと一緒にお皿を片付けながら、嬉しそう。

「――はい。よろしくお願いします」

「ウリエル様。お引っ越ししたら、きららもいるからね。きららはみんなのママだからね。忘れないでね」

「うん。ありがとう、きららちゃん」

そうして夕食後の片付けを終えると、弟たちがお風呂から上がって、おじいちゃんたちの将棋大会が本格的なものになってきた。

そうでなくても、それなりに経験のあるお祖父ちゃんたちに鷹崎部長と鷲塚さん。ここに双葉、充功、士郎まで加わったところで、なぜか総当たり戦に発展した！

このメンバーだったら、一戦終えるのだって、それなりに時間がかかるだろうに――。

しかも、ここには将棋盤が二つはあるはずだが、なぜかみんなで一つを囲んで一戦一戦見守りだ。

充功なんか、ビデオカメラを持ち出してきて、撮り始めている。

(まあ。メンバーだけで、見応えがあるのは想像が付くから、わからないでもないか)

俺はちびっ子たちを先に寝かしつけることにして、父さんたちには先にお風呂へ入ってもらった。

きららちゃんも「今日も大きなお風呂で、お祖母ちゃんたちと一緒に入るの！」と、大喜びだ。

やっぱり大人の女性が一緒だと、お風呂一つを取っても違うんだろう。

本当におばあちゃんには無理をしないで、いつまでも元気でいてほしい。

これこそが甘えなんだろうが、きららちゃんのことに関しては、どうしても同性でなければ難しいフォローも出てくるだろうからね。

（こうなると、お向かいの柚希ちゃんママや鷲塚さんのお母さん、当然きららちゃんの叔母さんにも、お願いしといたほうがいいよな。成長するにつれて、きららちゃんが俺たちでは言いにくいことも出てくるだろうし。それ以前に、俺たちでは気付けないことが絶対にあるだろうから）

俺は樹季たちを先に寝かしつけるために、布団が敷き詰められた客間へ向かった。

日中、はしゃぎまくったためか、それとも双葉たちがここまでしてくれたのか、樹季、武蔵、七生はすでに仲良く布団に入って眠っていた。

一、二時間とはいえ、海にいたこともあり、少し日に焼けている。

（なんか、急に眠くなってきたな）

俺は、父さんがお風呂から出るまで――と、弟たちの隣へ横になった。

けど、一緒にはしゃいで、疲れていたのは大差がなかったようで――。

（――え？　あ、しまった！）

次に目が覚めたときには、翌朝だった。

だが、俺が一足先に寝てしまっただけなら、二泊三日の三日目の予定が狂うことはない。

本日の予定、江の島巡りに江の島アイランドスパで締めくくりがなくなったのは、あれから更に盛り上がったのか、引くに引けなくなったのか!? 将棋大会メンバーに湯上がりの父さんまでもが加わり、そのまま夜明かしをして、なんと昼過ぎまで爆睡(ばくすい)!!

お昼ご飯を食べたら、帰宅の時間になってしまった!

という、驚きのオチになったからだ。

俺としては、総当たり戦って聞いたところで、時間はかかっても最後は士郎が全部持っていって終わるんだろうな――と、考えていた。

早々にビデオカメラを手にした充功は撮影に徹していたらしいが、鷹崎部長たち七人の対戦がすごかったらしくて、士郎が言うには、

「ごめんなさい。多分、途中からみんなドーパミンが放出しちゃって、寝ることを忘れちゃったんだと思う。僕も時間を気にしていたのは、最初だけで……」

――だそうだ。

士郎が「面白かった」と言うなら、相当な接戦の繰り返しだったのだろうが、このオチに対して、少なくとも鷹崎部長たちは「面目(めんぼく)ない」と謝罪しまくりだった。

特に、温泉を楽しみにしていたお祖母ちゃんたちに謝るお祖父ちゃんたち（そもそも将棋大会の発起人！）は、しばらく肩身が狭そうだった。

それでも、双葉や充功なんかはウキウキしながら、

「いや～。どの対戦も面白かったけど、父さんと鷹崎さんの一戦だけは緊張したよ。二人とも笑顔だったたし、こっちが勝手にビクビクしただけかもしれないけど、どっちも勝負事に手は抜かない性格だろう。ああ見えて、父さんも負けず嫌いだからさ」

「それを言ったら、俺は鷲塚さんと鷹崎さん戦のほうが緊張したな。なんか、他の対戦とは違う気迫みたいなものを感じて、カメラを持つ手が震えた。けど、最終的に、思った以上に勝ったり負けたりしながら進んで、みんなトントン？　な感じだったのが、一番面白かったな。でもって、結局士郎が五勝一敗で優勝したんだけど、その一敗が眠気で打ち間違えた一手から崩れて、鷲塚さんの勝利！　みたいなオチもよかった」

代わる代わる説明をしてくれるものだから、俺は「そんな展開なら起きて見学していればよかった！」と、悔しそうに口にしてみた。

とはいえ、実は俺は俺で、将棋大会に勝るとも劣らない面白動画を撮っていた。

それは、爆睡してまったく起きなくなってしまった七人を、ちびっ子たちが勝手に病人に見立てて、回診（かいしん）ごっこで遊んでいたところだ。

特にきららちゃんのナースぶりというか、起きない子供を叱る母親ぶりというかが可笑しくて、可笑しくて――。

樹季なんか、いったいどこで覚えたのか、エリザベスたちに向かってファシリティドッグの真似事をさせていた。

ナイトが鷲塚さんべったりなのは当然として、各布団に一匹から二匹のわんにゃんが配置されて、添い寝している姿は、まさに癒やしの絶景だった。

(この動画は、獅子倉部長が来たときにお披露目かな？　起きたときには、みんなで知らんぷり。内緒のごっこ遊びを決め込んだから、誰も気付いてないしね！)

そうして俺たちは、昼過ぎに起き出してきた父さんたちが食事をすませてから、鎌倉の家をあとにした。

鷹崎部長は、きららちゃんの幼稚園もあるので、そのまま自宅マンションへ帰宅。

鷲塚さんは、おじいちゃん、おばあちゃんやエリザベス、エイトを一緒に乗せて、いったん我が家へ。

その後は、「どうしようかな～」なんて迷っていたが、翌日の出勤を考えると、やっぱりその日のうちに帰宅するほうが楽だな——ってことで、夕飯後にはナイトと共に帰って行った。

(思いがけない休日になったけど、楽しかった！)

こうして俺たちのゴールデンウイークは、笑顔と充実感で幕を閉じた。

そして、明日から三日出勤したら、この土日は中学と幼稚園の運動会だ。

(とにかく、今夜はしっかり休んで、明日からに備えよう。あ、でも鷹崎部長に〝おやすみなさい〟のメールだけは打っておこうっと)

俺は、今夜だけは簡単な挨拶メールだけにして、早めに休んだ。

それは鷹崎部長も同じだった。

4

飛び石連休で水曜始まりの金曜終わりという出勤状況は、俺の外回り仕事にも影響していた。取引先の担当者さんの中には、この三日に有休を取って、長期休暇を楽しむ方もいるからだ。

なので、その分従来の外回りに関しては、普段より少ないかな？

ただ、その穴埋めをすることに変わりはないから、来週が忙しい。

その前提で、この三日間の仕事を調整していくことになる。

〝おはようございます。帰宅後、疲れは取れましたか？　俺のほうは、連日早めに寝たので、頭がスッキリしています。ただ、ふと、この休みを思い返したときに、ちびっ子たちのことばかりで――。まったく貴（たかし）さんには、気が遣えていなかったな、と思えて。ごめんなさい。お祖父ちゃんから父さん、弟たちまで、本当にお世話になりました！　でも、この週末も、そしてここからずっと先も、どうぞよろしくお願いします！〟

俺は、今後のスケジュールも視野に入れつつ、行きの車内では鷹崎部長にメールを打っていた。

気にしすぎかな？　堅苦しいかな？　とは思った。

けど、自身の思いを伝えないままでいるのも、なんだか俺らしくないなって気がして。

（――あ、返事が早い）

すると、手が空いていたようで、鷹崎部長からの返信が届いた。

〝おはよう。気遣いをありがとう。だが――もうそれは、お互い様だ。俺も団体行動に気を取られて、寧個人には、まるで気が遣えていなかった。ただ、家族で出かけるって、こんな感じになるのが自然なんじゃないか？　寧が俺抜きでもきららと上手くやれていたり、俺が寧抜きでも兎田さんたちと上手くやれている結果だろうから。とはいえ、さすがに徹夜で将棋は羽目を外しすぎた。士郎くんの言い分ではないが、最初は時間を気にしていたのに、夢中になってしまって。そこは反省してるよ。――と、そろそろ出るから、またあとで〟

俺は、思わずスマートフォンの画面を見ながら微笑んだ。

同じ車両の少し離れたドア付近に立っていた境さんが、俺を見てギョッとしている。

（しまった！　よっぽどニヤけちゃったかな？）

俺は気を引き締め直して、軽く会釈をして見せた。

境さんは、俺の内心を見透かしているように、笑いながら会釈を返してくれた。

「おはよう、兎田。連休中、家の前を通りかかったら、車がなかったようだが――。旅行だったのか？」

自宅の最寄り駅も乗る電車も同じだけど、よほどのことがない限り、車内では俺のプライベートタイムを重視して声をかけてこない境さん。

けど、新宿駅から会社までの徒歩、そして始業時間近くのモーニングコーヒータイムまでは、一緒にいることが多い。

今日もホームへ降りたところで、自然と合流した。

「はい。急に父の実家へ遊びに行くことになって、それで家族揃って鎌倉まで行ってきたんです。もしかして、何か急用で来られたんですか？」

「いや。たまたま通りかかっただけだ。でも、鎌倉か。思い切り観光地だが、混んでなかったたか？」

境さんの住まいは駅近のマンション。

うちはそこから徒歩圏内ではあるが、高速道路のインターが近い。車で行き来するなら、通りかかることもあり得るので、多分そんな感じだったんだろうと、想像ができる。

「人は多かったと思います。けど、祖父母に顔を見せて、あとは湘南モノレールや江ノ電を乗り回すだけの遊びだったので。人混みは気にならなかったです」

「乗り回すだけで遊びになるのか？」

「はい。うちでは誰も、懸垂型のモノレールに乗ったことがなかったんです。そもそも小さい弟たちは、普段車移動なので電車も滅多に乗らないし――。なので、どちらも大喜びでした。それに、少しですが、海沿いも散歩できましたし」

「そうか。そう言われると、乗り物と海ってだけでも、けっこうレジャー要素が濃いんだな。特にちびっ子たちには」

なんてことない休日の話をしながら、俺たちは駅を出た。

ここから自社ビルのある西口のオフィス街へ移動する。

営業という仕事柄、普段から一人のときは歩くのが速いほうだが、境さんもかなり速い。最初は俺に合わせてくれているのかな？　と思ったが、境さんとしては俺のほうが合わせているって考えていたらしい。

前に「あ、ごめん。ゆっくりでもいいぞ」なんて、言われたこともある。

七生とあっかんべーし合ったりして、ハチャメチャなところはあるが、根本的にはものすごくいい人だ。

「モノレールは、ちょっとしたアトラクションでしたしね。境さんは、どうされてたんですか？」

「親戚の結婚式があったから、土曜から月曜までは軽井沢へ行ってきた。で、向こうに滞在中は、漏れなく付いてくる姪っ子たちの子守で終わった」

「——それは、お疲れ様でした」

「いや、兎田のところに比べたら、まだこっちは世話好きな女児集団だからな。俺がされるがままになっておけばいいだけだから、楽だと思う」

境さんは五人姉弟の末っ子長男ということで、上のお姉さんたち四人は結婚していて、そのお子さんが高校生から園児までいるのだが、全員女子だ。

考えてみたら、うちで言う紅一点のきららちゃんポジションにいるのが、境さんってことかな？

姪っ子さんたちにも会ったことがあるけど、みんな可愛くて利発そうで、何よりお世話好きそうだった。

そして、そんなこんなと話をしている間に、俺たちは会社へ到着だ。

「──と、おはよう。鷲塚」

「おはようございます、境さん。おはよう、寧」

「おはようございます。鷲塚さん」

今朝も新宿のオフィス街を一望できる、カフェのような休憩室へ向かうと、先に来ていた鷲塚さんと合流した。

一面硝子張りの部分に設置されたカウンターの三席が、俺たちの定番席になっている。

「何？　連休は兎田たちと一緒だったのか？　というか、兎田ん家の裏のトレーラーハウスはなんだ!?　いつの間にかフェンスで囲われて、表札だか看板みたいなのに家守不動産ってあったが。あれって確か、鷲塚の親父さんの会社だよな？」

「あ、バレてます？　そうなんですよ。実は、父親が公私混同であの空き地を買ったんです。けど、まだしばらく仕事では使わないので、ちびっ子たちとペットの遊び場になるようにって、仮置きしたんです」

ここからは毎朝恒例の雑談タイムだ。

時間にして十五分程度だけど、マイボトルに淹れてきたコーヒーを飲みながらいろんな話をする。これがかなり楽しい！

普段は同期でひとつの自社ブランド商品を開発しよう！　という〝97企画〟の話題が中心だが、今日みたいな連休明けだと、こうしてプライベートな話も出てくるしね。

「親子揃って、兎田家にメロメロってことか？」

「まあ、そんなところですね」

俺は、早速話し始めた二人の間で鞄を開いた。

(あ！　マイボトルを忘れてきた。そう言えば、今日のランチは社食で——なんて思って。お弁当も作らなかったから、頭から抜けたんだろうな)

着いた早々、忘れ物に気が付く。

けど、ここでのモーニングコーヒーは習慣化しているので、やっぱり飲みたい。

「どうした、寧？」

「ボトルを忘れたので、コーヒーを買ってきます」

俺は財布だけを持って、自動販売機へ向かおうと席から立つ。

「おはよう」

「あ、おはようございます」

丁度出勤してきた総務部の小菅さんと目が合った。

「あ、小菅さん。おはようございます」

「おはよう、小菅」

「おはようございます」

彼も俺たちの同期だが、鷲塚さんと同じで、大卒入社なので年上だ。

中肉長身で、俺より少し背が高いかな？

清潔感のある優しいお兄さんタイプで、留学していた時期もあるので、確か年齢的には鷲塚さんより一つ上のはず。

曖昧なときは、鷲塚さんの呼び方で判断だ。

鷲塚さんは自分より年上の人には、同期でも「さん」付けで呼んでいるからね。

「兎田。ちょっといいか？」

「はい」

それにしても、小菅さんが俺だけを指名って珍しい。

もしかしたら、入社以来初めて？

部署は違えど、同期で飲み会とかはしているので、不思議とは思わないが――。

俺は、境さんと鷲塚さんに目配せをしてから、小菅さんに着いていった。

小菅さんは休憩室内に置かれた自動販売機のほうへ向かう。

「コーヒーでいいか？」

「え？　いえ。いいですよ。丁度、買おうと思っていたので」

「遠慮するなって。あ、もちろん。コーヒー一杯で、何が何でも俺の頼みを聞いてくれってことじゃないから」

自分用だけでなく、俺にまで缶コーヒーを買ってくれた。

だが、俺としては話の内容が気になる。

「頼み？　小菅さんが俺に？」

聞いたそばから缶コーヒーを手渡された。

「ありがとうございます。すみません、いただきます」

そして、一番近くの二人掛けの席に誘われ、向かい合って座る。

「ああ……。その、今日でも明日でも、なんなら来週でもいいから、どこかで仕事終わりに一、二時間、付き合ってほしくて……」

「え!?　仕事終わりにですか？　二人で？　もしかして、お子さんが生まれるんですか？　育児指南（しなん）ですか？　それとも家事のほうですか？」

俺は、何事だろうと想像しつつ、話を返した。

鷲塚さんや境さんだって側にいたのに、あえて俺を指名してきたところで、そうに違いないって思ったら、自然と笑みも浮かんだ。

「は⁉　いや、俺はまだ独身だし。周りに予定もないから」

(——違った‼)

てっきりそうだと思ったのに。

けど、そうじゃないなら、こっちかな？

「すみません。でも、俺に用事って、家事育児以外で何かあります？　あ、もしかして、お知り合いの業者さんを紹介したいとか？　割り引きの話ですか？」

「ごめん。そういうのじゃなくて……。実は、俺の彼女というか……、婚約者を交えて一緒に飯でもってことで……」

仕事関係でもなかった。

しかも、自然と前のめりになって話をした俺に、引き気味の小菅さんが想定外の話をしてくる。

「婚約者⁉　ご婚約されてたんですか？」

いや、俺にそうした発想がなかっただけで、あってもおかしくはない話だった。

年齢もそうだけど、入社三年目なら、社会や仕事にも慣れて、落ち着いてきた頃だ。

晩婚や未婚を選択する人も多くなっているけど、決まった相手が居る人なら、むしろ丁度いい頃かもしれないし。

「でも、どうして俺が小菅さんの……。あ！　そうか。結婚式のときに同期で余興をしてほしいから、お相手さんとも顔合わせ——みたいな？　けど、それって俺でいいんですか？　あ、俺が一番ぺーぺーだから、仕切ってみんなでやってってことですね」

とはいえ、俺は初めての依頼にテンションが上がってきた。

話だけはよく耳にしてきた、同期の結婚披露宴での余興！

俺の同級友人は、まだ学生だからそういうことはないが、これぞ社会人の醍醐味だ。

特に年上の同期ばかりだと、こんなことも起こるのだろうが、他部署の俺に最初に声をかけてくれるなんて感激だ！

今はレストランウエディングや会館を借りて持ち込みで——とか、いろいろ工夫したやり方があるみたいだけど、それより何よりまずはお目出度い！

俺は、自然と声が弾んだ。

「違う違う！　そういうことじゃないんだ。言い渋ってゴメン。このまま婚約していいのかわからなくなってきたから、話を聞いてほしいのと、兎田から見た彼女の印象を聞きたいんだ。あとは、申し訳ないんだけど、最近仕事帰りはずっと一緒だったってことにしてほしくて」

——が、ここでも俺は大外ししてしまった！

「え!?」

受け取ったままの缶コーヒーを握り締めながら、小菅さんに聞き返す。

すると、

「何ですか、それ？　寧を何に使おうとしてるんですか？　まさか浮気のアリバイ工作ですか？」

「鷲塚！」

「要所要所の単語しか聞き取れなかったんだが、それでもこれだけは忠告できる。小菅。お前は、根本的に相談相手を間違えている。兎田に男女関係の、それも込み入った話を朝の五分かそこいらで理解して、なおかつ協力してもらおうとするのは無茶だ。それとも変な突っ込みをされたくないから、兎田指名だったのか？」

「境さん……っ」

いつの間にか側で話を聞いていたらしい二人が、荷物を抱えて小菅さんの両脇に立った。

しかも、境さん。それとなく俺を役立たずって言ってないか？

根本的に相談相手を間違えてるって、ひどくない？

これでも一応、恋愛真っ只中かつ婚約中だよ。

少しくらいなら、恋愛感情はわかるけど！

「おはよう。どうした？　今朝は小菅も一緒か。総務まで巻き込んで、何を仕掛ける気なんだ？」

――と、出勤してきた鷹崎部長が声をかけてきた。

俺と小菅さんだけでなく、鷲塚さんや境さんまで一緒にいたから、〝97企画〟の話だと思ったんだろう。

「それだったら、もう少し兎田も理解したと思うんですけどね」

境さんが溜め息交じりに、俺を貶め続ける！

（何でだよ！　境さんだって、俺の婚約中を知っている一人なのに！）

「ん？」

鷹崎部長は、まったく意味がわからないのだろう。首を傾げながら、俺を見る。

「ですから……」

「申し訳ありませんでした！　何から何まで、俺が浅はかでした!!」

俺が説明をしようとすると、小菅さんが声を上げた。

鷹崎部長まで現れたからか、説明を放棄し、ガックリと肩を落とす。

けど、俺からしたら、聞き捨てならない。「浅はか」って、「兎田に相談したのが間違いでした」って、言ってるようなものじゃないか！

「なんのことだ？」

鷹崎部長はますます困惑して、今度は視線を鷲塚さんに向けるし。

でも、ここは説明しかけた俺に聞くところじゃない？

俺は、なんだかよくわからないことで、ムキになっている。

「あ、あの……小菅さん。俺の理解力が追いついてなくて、すみません。もし、ご都合がよければ今の話、ランチのときにでも最初から説明してもらえますか？　俺、今日は内勤予定なので。なんでしたらその夕飯も――、ご一緒できますし」

それでも缶コーヒーまで買ってもらったのだから、話くらいはきちんと聞こうと思った。

最初に俺を指名した理由が、少なくとも小菅さんにはあるんだろうから――。

「っ――、本当か!?　いいのか、兎田」

俺の申し出に、小菅さんは顔をパッと明るくした。

やっぱり、小菅さん的には俺が相談相手で間違えではないんだろう。

あえて最年少の俺指名だったことに、理由がないほうがおかしいしね。

「はい。境さんからみたら、俺はハズレのようですが、小菅さんがマリッジブルー的なものにかかっているのは理解しました。けど、それを解決するのに、どうして俺に白羽(しらは)の矢が立ったのか。最近、一緒にいたってことにしてほしいのかっていうのは、説明されないとわからないですし。さすがに、浮気のアリバイ協力はできませんが……。多分、そういうことではないだろうなとは、思うので」

ここまでの話を自分なりに整理した上で、俺は小菅さんに確認をした。

他のことはともかく、会社終わりに一緒にいたことに――っていうのだけは、鷲塚さんじゃないけど、引っかかったから。

「もちろんだよ！　浮気とかじゃない。ありがとう、兎田。やっぱりお前を頼ってよかった！　そうしたらランチタイムにエントランスで。近くのハッピーレストランで奢（おご）るよ。確か、弟たちがおもちゃを集めてるんだろう？　ポイントも全部やるからさ！」

小菅さんは勢いよく立ち上がると、開けることすらしていなかった缶コーヒーまで俺に渡して、鞄を抱えた。

「いや、いいですって！」

「とにかく、あとでよろしく!!」

そのまま鷹崎部長たちに会釈をすると、そそくさとこの場を去って行く。

「小菅さん!?」

本当に、どうしちゃったんだろう？

俺の両手には、結局未開封の缶コーヒーが二本残った。

これを見ながら、鷲塚さんが首を傾げる。

「どうしたんでしょうね？　小菅さん」

「この手の話に兎田ってところが、無性に引っかかるんだよな」

（まだ言うか！）

真剣に「おかしい」と言い張る境さんに、俺はどうにも納得ができない。

「それって、何を言っても俺が一番柔軟に対応しそうに見えるからじゃないですか？　境さんに相談したら、迷うくらいなら結婚なんてやめちまえ――とか、すぐに言いそうじゃないですか」

「え～。誰が柔軟だって？　そこは悩みの内容にもよるだろう。ねぇ、鷹崎部長」

考えられるとしたら、こういうことだと思うんだけど、境さんはとことん不満そうだ。

「ん？　ここで俺に聞かれても。なあ、鷲塚」

未だに全容が理解できていない鷹崎部長が、苦し紛れに鷲塚さんに話を投げる。

「――ですよね。まあ、俺たちの間では、寧には〝充子(みつこ)さん〟っていう年下の彼女がいることになっているので、それで白羽の矢が立ったのか？　って、気はしますが」

すると、鷲塚さんが「きっとそれだ！」って思える答えをくれた。

やっぱり鷲塚さんは目の付け所が違う。

「あ！　そうか。忘れてた。そうしたら、小菅さんの婚約者さんも年下なのかな？　さすがに十代はない――、いや。可能性はあるのか。それで、俺に状況を聞きたいとか？」

「かもな。一応同期で彼女持ちを明かしてるのは、寧だけだし。ただ、実際はな……」

「――ですよね。俺じゃあ、やっぱり何も答えられないってことか。充子さんだし――」

（そもそも相手が鷹崎部長だし！）

ただ、こうなると巡りに巡って、なんだか境さんの「そもそも兎田に聞くのは的外れ」みたいな意見も、間違えではない気がしてきた。

考えるまでもなく、俺がわかるのなんて、自分の恋心くらいだ。

それだって、ときと場合によっては、理解不能な感情が起こるし――。

同世代の女性の気持ちどころか、こうなると同性の小菅さんの気持ちだって、理解できるかどうかあやしくなってくる。

俺は、改めて両手に持った缶コーヒーをジッと見つめる。

そんな俺をどう思ったのか、鷲塚さんが話を続けた。

「いや、それもあるが……。境さんより誰より、いざってときに同期で一番迷いなくばっさり言ってくれるのって、寧だと思うんだが。小菅さん、絶対に寧の性格を甘く見てる気がするんだよな～。もし、はっきり言ってほしくて寧を選択したなら、見る目があるなってなるが――。それはそれで、心配だしな」

俺の眉間に皺が寄る。

「どういう意味ですか？　俺って普段から言葉を選べないってことですか？」

今にも鷹崎部長が「まあまあ」って俺を諌めそうなくらい、語尾に怒気が含まれているのが、自分でもわかる。

だって、なんだか今朝は、言われたい放題になってないか？　俺。

仕事のことならまだしも、プライベートの話でこれって、ひどくない？

すると、鷲塚さんは「ごめんごめん。言い方が悪かったな」って謝りつつも、

「けど、ばっさりって言うのは、いい意味で言ったんだよ。寧は物事の優先順位がはっきりしてるから、そこは俺も見習いたいくらい気持ちがいいところだし。小菅さんの相談内容はさておき、鷹崎部長が面倒事にかかわるのは心配だって言ったら、即決で〝ごめんなさい〟って。これ以降の相談ごとも、きっぱり断るだろうしさ」

視線を鷹崎部長に向けた。

ようは、鷲塚さんからすると、俺に相談を持ちかけた小菅さんも心配だけど、それを受けた俺が最終的に鷹崎部長の心配の種になることを危惧したってこと？

そういう感じになったら、そこは潔く撤退――小菅さんには「ごめん」で済ませろよっ

てこと？

――合ってる？

「えっ!?　そうなんですか、鷹崎部長」

これまでの経緯というか、鷲塚さんが何を最優先にして意見してくれているのかを考えると、「他人の色恋沙汰（ざた）はいいから、今はとにかく自分たちのことだけに集中しとけ」ってことなのかな？　とは、思うけど――。

「鷲塚。だから、曖昧な理解しかできていない俺に、話を持ってくるなよ」

「え!?　俺としては、トラブルを事前回避する意味で話を振ってるんですけど」

「鷲塚。言わんとすることはわかるが、少しは鷹崎部長の面子（メンツ）も考えろよ。お前の基準で兎田を拘束したら、今後は一緒に飯も食わせてもらえなくなるぞ」

それにしたって、この三人のやり取りが、意味不明すぎてわからない。

鷹崎部長が「話を聞いてなかった俺に振るな」って言いつつ、すでにある程度までは理解しているのは、なんとなく顔つきでわかる。

でもって、そういう鷹崎部長の心情？　立場？　みたいなのを、境さんが鷲塚さんに「察しろよ」って言っているのもわかるけど――。

これって、俺が小菅さんの相談に乗るだけで、トラブルになりそうってこと？

しかも、鷲塚さん基準の拘束って、何!?

俺は困惑して鷹崎部長の顔を見上げた。

すると、鷹崎部長は微笑を浮かべて、俺の左手から缶コーヒーを抜き取った。

「とにかく、兎田はもう約束をしたんだから、急ぎの仕事が入らない限り、一度は小菅の話を聞いたらいい。鷲塚の気持ちは有り難く受け取っておくし、境の気遣いにもありがとうってことで。それより、そろそろ時間だ。行こう」

この一本は俺に譲ってくれ——的なことを目で合図しながら、三人三様に答えをくれた。

なんとなくこの場にオチが付く。

「「はい」」

俺は鷲塚さんや境さんと一緒に返事をすると、まずは気持ちを仕事に切り替えた。

鷲塚さんが持って居てくれた鞄を受け取ると、いただいた缶コーヒーをひとまず仕舞って、休憩室をあとにした。

＊＊＊

(仕事のことでも家族のことでもない話で朝の時間を使うのは、もしかしたら初めてだったかもしれない？）

これに気付いたとき、俺はなんだか不思議な気がした。

普通に考えたら、これまでにもあってもよかったことだろうに――。

多分、仕事以外の話題が、俺の場合は大家族とか家事に絞られた。

これが一番外れがないから、話を振るときに、これ以外のことが出てこなかったのかもしれない。

まあ、飲み会の席でさえ、弟語りになる俺相手となったら、自然にそういう選択になるのかな？

なんにしても、鷹崎部長からも後押しをもらったので、俺はランチタイムに小菅さんから詳しい話を聞くことにした。

休み時間に入ったところで、待ち合わせのエントランスへ向かう。

ただ、そこには鷲塚さんと境さんも一緒だった。

「――えっと。兎田？」

当然、小菅さんは驚いていた。

「あ、すみません。実は、いただいた缶コーヒーの一本を、鷹崎部長が譲ってほしいってことで――。そうしたら御礼にって、持っていたハッピーレストランのギフトカードをくれたんです。せっかくだから、使ってきていいぞって。小菅さんには〝丁度喉が渇いていて、一本もらった。兎田にやったものを――悪かったな。これで、みんなと飯でも食ってくれ〟って、言づかってきました」

ギフトカードは五千円分だった。

ファミレスのランチ価格で成人男性が四人なら余裕だ。ドリンクまで付けられる。

もちろん、俺としては「コーヒーの御礼にしては多すぎでしょう！」と思ったし、ここは俺が別の形で返せばいいと考えていたから、「ハッピーレストランなら、俺も本郷常務からいただいた割引優待券を持っていますので」って言った。

でも、鷹崎部長曰く、「これで鷲塚と境に声をかける口実にしろ」ってことだったので、結果としては受け取ることにした。

確かに、あれだけ話をしていたら、鷲塚さんや境さんだって、小菅さんのことが心配だろう。何より、相談内容も気になるだろうし、あとで聞かれて俺から説明するのもちょっと気が引けるからね。

「――で、その〝みんな〟には、朝一緒にいた俺たちも混ざってるってことで」

思いがけない鷹崎部長からの配慮に、鷲塚さんは会社では見たことがないほどニコニコだった。

「……」

「なんだよ、不服そうだな。俺たちが一緒じゃ、できない相談なのか？　やっぱり兎田に、浮気のアリバイ工作を頼むつもりか!?　結婚を悩んでるって、二股か!?」

小菅さんはやっぱり俺だけに聞いてほしかったのかな？

鷲塚さんの笑顔にも、境さんの追求にも、そうとう動揺していたけどね！

「違いますよ！　そんなことじゃありません。俺が兎田に相談したかったのは、彼女が兎田と同い年だから、五歳やそこらでも、ジェネレーションギャップがあるものなのか、聞いてみたかったんです。あとは、大元の悩みの内容が内容だったので、兎田なら聞きやすいかな――とか。聞いても、セコいとか小さいとかは、言わないかなって……」

それでも、変な誤解だけはされたくなかったのか、小声とはいえ必死で説明をしてきた。

「なんだそりゃ」

「ようは歯に衣を着せないタイプには、言いたくないってことでしょう。やっぱり、寧を甘く見てたってことだ」

「鷲塚さんっ」

境さんはちょっと呆れ、鷲塚さんは「やっぱりか」と言わんばかりで、俺は「また、その話!?」ってなる。

それでも、ここで立ち話を続けるわけにはいかない。

「とにかく時間がもったいないですよ。あと、行き先を決めていたので、先に電話して席も予約してありますから、早く行きましょう」

俺は鷹崎部長の厚意を無にしないためにも、移動を促した。

「あ、ごめん」

「了解」

今日に限って、妙に悪乗り？　している鷲塚さんや境さんを促しつつも、小菅さんにも「さー！」と声をかけて、会社近くのハッピーレストランへ向かった。

そうして五分後——。

俺たちはハッピーレストラン西新宿店のボックス席にいた。

「追加分は俺が出すから、一緒にステーキを食おうぜ〜。俺だけ食うのは気が引けるからな！」

境さんの一言で、メニューはランチメニューで一番お高いステーキセット（税込み千九百八十円！）に決まった。

ここへ来て、想定外にリッチなランチになったが、鷹崎部長のくれた金券はおつりが出ないタイプなので、境さんなりに気を遣ってくれたのだろう。

（俺が三割引きのチケットを持っているから、不足分は五百四十四円？　これなら、境さんの負担も大きくないか。本郷常務！　有り難く使わせていただきますね）

そうして俺たちはオーダーを済ませると、早速話に入った。

ランチタイムは限られているし、時間が惜しい――ってことで、移動中に相談話は聞いていたからだ。

ただ、婚約したことを悩むくらいの相談だけに、いったい何事だろうか？　と思っていたのだが、俺からするとただただ驚く内容だった。

正直に言うなら、何をどう説明されても、理解が追いつかない。

小菅さんの彼女の言動も、それに対する小菅さん自身の迷い？　もだ。

「えっと、すみません。俺への質問を、一度話を整理させてください。まずは、男女の友情は成立すると思うか？　次に、もし結婚を前提に付き合っている彼女が、自分以外の異性友人とばかり遊んでいたら、優先していたらどう思うか――で、合ってますか？」

「ああ。合ってる」

俺はメモを取りだして、確認事項を書き留めた。

話の途中で鷲塚さんや境さんがあれこれ突っ込むので、情報過多になったからだ。

二人はそれで理解ができるだろうけど、答えなきゃいけない俺からしたら、ややこしいなんてものじゃない。内容が内容だけに誠実に、そして正直に答えようと思ったら、ここで解釈違いは起こせないからね！

「では、ここからは背景？　状況の確認です。彼女さんは短大を出て現在入社一年目のOLさん。そしてその異性友人さんは、現在大学四年生で彼女さんとは実家が近い同士の幼馴染み。だから、彼女さんからすると、一緒にいても兄弟と一緒で、女友達と会うのと何にも変わらない。何が悪いの？　という主張。けど、小菅さん的には、婚約した途端に、そういう男性が出て来てもやもやする。三人で会うならまだしも、二人きりで会うのは止めてほしいってことですよね？」

四人席に落ち着いた俺の前に座った小菅さんは、一つ一つの質問に頷いた。

俺の左隣には鷲塚さん、小菅さんの右隣には境さんが座っている。

「――でも、何回言っても理解がされない。それで、自分もやり返すではないけど、ここしばらく〝友人との付き合いがあるから〟って嘘をついて、デートを断ってきた。そうしたら、今度は彼女が浮気を疑ってきて、〝だったらその友人と会わせて〟と言ってきた。で、俺にその友人として、同行してほしい――と」

こうして確認をするうちに、俺の手帳の一ページが埋まった。

「すまない。誰よ、どんな人よって何度も聞かれて。って、ハッピーマーケットのＣＭに出ていた同期だよって口走っちゃって。それなら顔もわかるしと思って——。それに、ここで同部署の女性ってことにしたら、本当に浮気認定をされかねないだろう。俺としても、そこまでの仕返し？　みたいなことはする気はないし。自分より友人を優先されたら、俺の気持ちの半分はわかるんじゃないかなと思って」

小菅さんの頼みは理解ができた。

行きがかりで、俺が関係したことも、まあ——なんとなく。確かに説明しやすかったんだろう。

さすがにここでは、鷲塚さんと境さんも口を噤んでいる。

時折り目配せはし合っていたけど——。

「そうですか。えーと、そうしたら、まずは聞かれたことから答えていきますね」

俺はメモにチェックをしながら、ひとつひとつ返すことにした。

「友情に関しては、性別だけでは成立するかしないかは決められないと思います。性格とか価値観とか、一緒にいて楽しいや信頼し合える関係を構築するのには、いろんな要素があると思うので」

とはいえ、こうして俺が真面目に答えたところで、小菅さんが気にしたジェネレーションギャップとは関係ない気がした。

確かに、世代事に軸となる価値観に相違が生じるのは、なんとなくわかる。

例えるなら、ゆとり世代を育てた側と育てられた側では、生まれ育った時代背景や世の中の経済状況も違う。

何より、そのときにもっとも世間から重要、問題とされてきたことも違うだろうから、そうしたことが作用しそうな分野に関しては、比べようがない。

友情に関しては、男女平等の考え方でも違うだろうし――。

子供の頃から女子「ちゃん」男子「くん」呼びで来た人と、男女一緒「さん」で統一呼びだった人では、距離感が違っても不思議はないかな？　って思うからだ。

しかし、それと男女の恋愛が絡むことは、別ものでは？　が、俺の意見だ。

「ただ、恋人が自分以外の異性というか、そうでなくても恋愛対象になり得る相手とマンツーマンで一緒にいるっていうのは、俺は我慢できても仕事絡みでギリギリです。それこそ家の都合とか、納得できる事情があれば、仕方ないと思いますが――。単に遊び相手として、俺が過度に心配したり、嫌だなって思う相手と二度、三度ってなったら。しかも、二人は止めてほしい、俺を含む複数ならいいよっていう解決策込みでお願いしても、まったく耳を貸してくれないんだったら、それまでかな――。俺とは根本的に合わないんだろうし、終わりにします」

「え？　終わりにする!?　二度、三度で？　仮に、婚約までしていてもか？」

すると、俺の返事に小菅さんが思った以上に驚いた。

鷲塚さんの目が、「やっぱりな――」って言いたげだ。

これって小菅さんは、俺ならなんて答えると思ったんだろう？

さすがに「気持ちはわかります」って、ワンクッションは置くと思ったのかな？

俺としては、スリークッションぐらいは置いて話しているつもりなんだけど――。

「はい。この回数は、俺の基準ですが。でも、まだ幼い弟たちだって、本当に嫌だからしないでってお願いをしたら、三度はしないです。まあ、気を引きたくて二度目をするってことはありますが――。それでも俺の嫌がり方というか、怒り方で、三度目はないって察して止めます。なので、園児や二歳児ほどの理解力もない相手のために、我慢をしたり、悩んだりっていうのが、俺には無理な気がして。そんなストレスを抱えて、家事に育児に仕事なんてできません。また、ミスが出たときの言い訳にもしたくないし、取り返しが付かないことをしてしまったら、後悔ではすまないので」

もちろん、俺の基準が独特だっていうのは、自分でもわかっている。

中には、この「気を引きたくて」の部分で、自分がなんらかの確信ができるまで何度も試し行為として嫌がることを繰り返す子供や大人はいるのもわかっているから。

そういう意味では、うちの弟たちの察しがよすぎるんだとは思う。

けど、理由はともかく、俺たちが「本当に嫌だ」「これだけは止めて」「しないで」って言うときには、普段のやりとりとは気持ちが違う。

それこそ交際当初、七生相手に俺が鷹崎部長絡みでぶっちぎれたのなんかは、今にしてみれば大人げないとしか言いようがないのかもしれない。

でも、七生の態度が悪かったことは、鷹崎部長にも失礼だけど、七生自身にもいいことではない。俺を取られて悔しいにしても、わがままにしても、限度はあるってことは身をもって覚えなければ、いずれ七生にとっての不利になる。

必要な人を怒らせたり、大事な人を哀しませたり、気がついたら遠ざかってしまい、結果七生自身が一番辛いなんてことに、なりかねないからだ。

だからこそ、中途半端な気持ちで「嫌だ」「止めて」は言わないし、叱ることもしない。

こういうところは、父さんや母さんも徹底していた。

それもあって、俺たち兄弟の「駄目」にはブレがない。越えちゃいけない一線みたいなものへの感覚が、統一しているんだろうな――、と思う。

そう考えると、小菅さんの「嫌だ」「止めてほしい」が、彼女にとっては、そこまで危機感のない言い方だったのでは？　って、可能性はある。

そうでなくて、なんでも相手が自分に合わせるのが当然って考えなら、お手上げとしか言いようがないけどね。

「――」

それでも、さすがに園児や二歳児を引き合いに出したのは、まずかったかな？

すっかり黙り込んでしまった小菅さんの肩を、境さんが慰めるようにポンと叩く。

また、そんなときに「お待たせしました」と、熱々のステーキセットが運ばれてくる。

「とりあえず、食べよう」

「そうしましょう、小菅さん。鷹崎部長と境さんの気持ちですし」

「……あ、ああ」

境さんと鷲塚さんが、いったん話を中断してくれた。

俺もここは二人に倣って、「いただきます」と言って、食事に手を付ける。

でも、まだ伝えたいことはあったので、俺はフォークとナイフを手に、小菅さんに話しを続けた。

「あと、これはお節介（せっかい）かもしれないですが――。そういう行動を彼女さんが、実際にどう思っているのかはさておいて。一緒に遊んでいる相手がどういうつもりかなんて、わからないじゃないですか」

そう。どんなに自分にその気がなくても、ただの友人知人だと思っていても、相手の気持ちがどこにあるのかなんてわからない。

それに世の中には、ほとんど記憶にも残っていないような相手から、いきなり抱き付かれて告白されたり――なんてことがあるんだから、必要最低限の警戒心は持っているほうがいい。

男の俺でさえ、見境をなくして迫られたら、押し倒される。

本当に、成人式後の同窓会では驚いたし！

女性なら尚更気をつけなきゃ危ないでしょう!!　って、思うんだ。

それこそ、何があってもいいような相手じゃないなら、油断は禁物。

たとえ友情や信頼が本物であっても、それなら尚更婚約者が嫌がるような付き合い方は避けるに限る。

この件に関しては、彼女もどうかと思うが、その相手の男もどうなの!?　だ。

そういう気持ちもあったから、俺は肉を切り分ける間は、話し続けた。

「どんなに兄弟みたいな幼馴染みで――ってことでも。だからこそ、いきなり気が変わるってこともあるでしょうし。そうしたときに、少なからず衝撃を受けるのは彼女さんだと思うので、そこは強く忠告してもいいんじゃないかと思います。彼女さんも、小菅さんの嫌だけを突きつけられるよりは、受け入れやすいかな？　って」

すると、小菅さんがハッとしたように顔を上げた。

「そうか。そうだよな。俺は、自分が嫌だばかりで、もし拗れたときに彼女が傷つくってことは、考えなかった。これだから、ムキになって、反発されたのかもな」

自分の言い方を思い返したのかな？

もしかしたら、彼女を煽るような言い方をしていた？

（まあ、どんなことでも、ものには言い様ってものもあるからな。これこそ俺も気をつけなきゃ！　ってことだけど）

――なんて考えていると、鷲塚さんがフォークとナイフをピタリと止めた。

「え？　そうですか？　だいたいはそこまで言う前に、気付かなくてごめんとか、うっかりしてた、気をつけるからってなりませんか？　小菅さんなら、わざわざ相手が嫌がることはし続けないでしょう」

「鷲塚」

「嫉妬で忠告しているうちはまだ可愛いですけど、こいつは駄目だ。信用ならないってなったら、別れる他ないですよ。それこそ、気を引きたくてするにしても、限度はあるでしょうし」

「——だよな。もちろん、我慢の限界は人それぞれだから、小菅はまだどうにか——って思っているのかもしれないが。俺は兎田を上回る導火線の短さだから、一度言って理解されなかったら、無理ってなるわ。けど、それが悪いってことはないもんな。お互い許容範囲が違ったってだけでさ」

境さんが追撃だ！

結局二人して、「別れろ」「やめとけ」推奨だ。

俺のことを「ばっさり」やら「きっぱり」だの言っておいて、何が違うのさ⁉

（あ——。この場合は、俺が二人と大差がない。一緒だったってオチか！）

思考が二転三転するも、俺はここで初めて肝心なことに気がついた。

そして、鷲塚さんや境さんは、すでに俺がこういう性格だってわかっているから、そうとは気付いていない小菅さんに「相談相手を間違えてる」ってなったんだろうな。

そもそも恋愛の拗れ話の比較に、弟たちの聞き分け話を持ち出す俺だしな‼

「許容範囲、ですか」

俺が一人で反省している間にも、小菅さんは溜め息交じりに呟いている。

けど、こればかりは、どうしようもない。

最初から許容範囲や価値観が違うとしても、どこまで互いにすり合わせができるかってところが、一番の争点だ。何をどうしても合わない、合わせることができないってなったら、それこそ一生を共にするのは難しい。

俺だって、これがきちんとできているのか、改めて考えると不安になる。

（こ、これは――。鷹崎部長にも、定期的に聞こう。どう考えても、俺や俺の家族に合わせてもらうことがほとんどだ。昨日まではよくても、今日になったら急にストレスを感じるようになった！　とか、絶対にないとは言い切れないし。そうしたときに、変に我慢をされて、あとで爆発――とか、絶対に嫌だ。俺にできることなら、何でもしたい。ここだけは油断したり、怠慢になったりしないように、気をつけていきたいから――）

俺は、そう考えると、鷹崎部長からのランチステーキを、改めて噛み締めた。

きっと俺が理解できていなかっただけで、鷲塚さんや境さんも、俺が小菅さんからの相談を受けたことに、何かしらの不安を感じたのかもしれない。

鷹崎部長も、その何かしらを察知したから、「みんなで行ってこい」って口実を作ってくれたんだろう。

ただ、その心配がどんなことなのか、あとで聞かないことには、さっぱりわからない。

多分、そういうところが、一番心配させているのかな？　とは、思うけどね。

「とりあえず、婚約してからそういう行動に出たことに、彼女なりの理由があるのか。もしくは、実は前々からそういうことはあって、ただ婚約を機におおっぴらになっただけなのか。この辺りも、本人から聞かないとわからないですし。一度、婚約破棄も考えていることを伝えた上で、とことん話し合ったらどうですか？」

俺の意識が小菅さんから逸れた間に、鷲塚さんがこんなふうに話をまとめてくれていた。

「そうだな。そうするよ」

「なんなら俺たちも、最後まで付き合うし」

「境さんたちも、ですか」

境さんにしても、自分の意見は言っても、絶対にそうしろ――とは言わない。

恋愛観の個人差と、仲間への思いは違うし。こうして話を聞いた限りは、今回のことがどう転んでも、小菅さんが上手く立ち直れるようにフォローする気は満々だ。

それは、美味しそうにステーキを頬張る笑顔を見ていてわかる。

「まあ、話の成り行きから言ったら、兎田を連れていくだけでも、相手の出方や受け止め方はわかると思うが――。それで小菅が本当に婚約破棄ってなったら、兎田が一人で責任を感じかねない。だったら、そこは四人で分けるほうが、小菅自身も必要以上に機を遣わなくて済む」

しかも、最後の最後に出てきた——これが境さんの本音？

俺は驚くと同時に、境さんと鷲塚さんの顔を交互に見た。

しかも、そんな鷲塚さんは俺に向かって、

（この四人は、小菅さんを抜いた四人だぞ——!?）

そう唇を動かして、フォークに刺したステーキーに視線を落としながら、教えてくれた。

（あ、鷹崎部長！）

ようは、「みんなで行ってこい」って言葉に、すべてが含まれていた。

勢いから、こんな相談を安請け合いした俺が、変な責任を感じないように。

今後、どういう展開になっても、小菅さんとの関係が拗れないように。

ここは、今朝かかわった四人でいろんな感情を分けよう——ってことだったんだろう。

だからといって、同期でもない鷹崎部長が同席はできない。

それで、ギフトカードを提供という形で、この話に加わってくれたんだ。

わざわざ俺が手にした缶コーヒーまでもらい受けて——。

「あ。すみません。そこまで気が回っていませんでした。確かに、兎田だけに嫌な思いをさせかねない話でした。ごめんな、兎田」

「いいえ。俺も、そこまでは考えていませんでした。かえって、気を遣わせてしまって、すみません」

俺は、ハッとして謝ってくれた小菅さんに、自分も謝罪を返した。

今朝より、ランチを始めたときより、見るからに小菅さんの顔も明るくなっている。

「そうしたら、必要になったら、俺たちも参戦するってことで」

「ありがとうございます。一度一人でよく考えて、彼女と話もして。それでも一度は一緒に食事ってことになったら、お願いします」

こうして思いがけない相談からランチタイムが終了したところで、俺は鷹崎部長から預かったギフトカードと割引優待券を一緒にレジへ出した。

「え!? 俺にも少しは格好つけさせろよ」

差額の五百四十四円を支払うことになった境さんは、財布から漆黒のクレジットカードを出していたものだから、鷲塚さんに千円を出されて引っ込めることになった。

5

ランチタイムを終えて、俺が部屋へ戻ったときには、鷹崎部長はいなかった。

聞けば、急に上から呼ばれたらしい。

（鷹崎部長、きちんと食事はできたのかな？）

そんな心配をしていると、隣の席の森山（もりやま）さんや、周りの先輩たちが、口々に鷹崎部長のことを教えてくれた。

「兎田、どこへ行ってたんだよ。せっかく今日の社食は、鷹崎部長も一緒だったのに」

「食後にのんびりお茶でもと思ったら、呼び出されちゃったけどね」

とりあえず、食事はできたようだ。ちょっとホッする。

「でも、いつもの社員食堂のテーブルが、ドラマみたいだったわよ〜。私、鷹崎部長は日本一、カツ丼をクールに食べるイケメンだと思う！　他部署の子たちに、めちゃくちゃ羨ましがられちゃった〜っ」

その後も先輩たちは、鷹崎部長のことで盛り上がっていた。

この場に本人がいないからだろうが、俺としては話が聞けてラッキーだ。

――が、すぐに内容に引っかかりを覚える。

(鷹崎部長のカツ丼って、俺見たことあったっけ？　そう言えば、まだ牛丼屋さんに行ってなかったよな？　きららちゃんが教えてくれた、卵焼きが乗ったオムライスも作ってもらってないし)

恐らく、双葉や充功が聞いても「何それ!?」と呆れそうだ。

しかし、気になり出すと止まらない。些細なことだからこそ、俺が見たことのない鷹崎部長の姿を森山さんたちは見たの!?　俺も見たかったよ！　と、思ってしまう。

もちろん付き合う前のことなら、そこまで気にはならないだろうが。

「それってことは、何を食べても日本一キラキラしてるだろう兎田までいたら、殺意を持たれていたかもしれないぞ。そうでなくても、俺でさえ他課の連中に〝お前のところはいいよな～。常に部内がドラマ現場みたいで！〟って、嫌味を言われるんだから！」

「あっはははっ！　そう言われたら、そうかもね」

「確かに、兎田くんは素うどんを食べててもキラキラしている！　思わずエビ天の一本、二本貢ぎたくなるくらい！」

「それ、わかる！　ちゃんと具も食べてって、差し入れたくなるよね」

その後も俺は、これまで鷹崎部長と一緒に、どんな食事をしたかを思い起こしていた。

話題が俺のことに移っていたようだが、それこそ右から左だ。

（――あ、この週末にトンカツを揚げようかな？　運動会のお弁当作りで、それどころじゃないかな？　多分、お弁当のおかずを多めに作って、夜はそれで――になるか。もしくは外食か配達か。でも、わざわざ獅子倉部長が来てくれるんだから、父さんと一緒に作った食事のほうが、喜ばれるよな？　あ！　でも牛丼なら大量に仕込めるし、丼ものは洗い物も少なくて済むからいいかも！　帰ったら父さんに言ってみよう。あ、鷹崎部長）

そうして俺の脳内が、すっかり牛丼で埋め尽くされた頃に、鷹崎部長は部屋へ戻ってきた。

「「「お帰りなさい。鷹崎部長」」」

誰ともなく声がかかり、鷹崎部長も「ただいま」と答える。

そして、一通り室内を見渡し、俺と目が合うとニコリ。

（やった！）

俺は机の下で、思わず両手でガッツポーズ！

「きゃっ！　今、目が合ったわ」

「いや、それは俺とだし！」

「ここはアイドルのコンサート会場かよ」

「そりゃ、伊達に〝出社すれば会えるアイドルがいる〟職場じゃないわよ。特にこの部屋は！」

この瞬間に俺と同じことを考えた人間が、少なくとも四人はいた。

十秒内ぐらいに枠を広げたら、おそらく部内全員が思っただろうことは、容易に想像ができたけどね。


いつにも増して明るい雰囲気の中、俺は午後の仕事を終えた。

一日デスクワークだったこともあり、定時で上がれる。

〝――今日はランチをご馳走様でした。みんなで贅沢をしてしまいました。本当にありがとうございました。そして、ごめんなさい。俺の軽率な言動のために、鷹崎部長にまで気を遣わせてしまって――。もし、今夜大丈夫そうだったら、電話をさせてください。あとでまた確認のメールをしますので、よろしくお願いします〟

俺は帰り支度を整えながら、鷹崎部長にメールを打った。

鷹崎部長や横山課長、野原係長は一時間くらい残業することになったようで、やはり俺とは仕事内容が違うのがわかる。

野原係長が鷹崎部長に「娘さんのお迎えは大丈夫ですか?」って気を遣っていたけど、一時間で済むなら延長保育だろう。そうでなくても、鷹崎部長の仕事終わりまでの預かりだから、他の子たちより大分長い延長だ。

都心の私立幼稚園、それも二十四時間対応の保育施設付きだけに、両親が共働きのご家庭も多い。常に延長保育仲間が何人もいるから、きららちゃんとしては気が紛れているようだ。

特に、夏休みにこちらへ引っ越しと転園も決まっているから、「今のお友達ともいっぱい遊びたい!」みたいなことも言っていて、楽しんでいるのがわかる。

ただし、自宅でお留守番のエンジェルちゃんだけは、主の帰宅を一分一秒でも早くって、思っているだろうけどね。

「お先に失礼します」

「お疲れ～」

俺が声をかけると、野原係長が返事をくれた。

鷹崎部長と横山課長も軽く会釈をしたり、手を振ってくれたりする。

「あ。お疲れ、兎田」

「お疲れ様です」

部屋を出て、丁度エレベーターフロアで境さんと会ったので、俺はそのまま一緒に帰った。

今日は日中に小菅さんのこともあったし、話題が尽きない。

こういうときにまで、電車内ではバラバラでプライベートタイム優先はしないから、俺は自宅の最寄り駅まで、境さんとあれこれ話しながら帰った。

「そう言えば、鷲塚さん。小まめに経過報告をメールしてくれますが、なかなか思うようには進まないみたいですね」

「鷲塚なりの理想やビジョンが明確なんだろう。ただ、それだけに、数字と味をマッチさせるのに、苦労してるんじゃないかと思うが」

「数字と味――成分と旨味ってことですよね」

「ああ。ここのところの健康志向ブームで、いかにグルテンと糖質を抑えるかっていうのに、どこも躍起になっているところはあるからな。通常仕事でもそこは課題になっているだろうし。ただ、上司や同僚も〝97企画〟には協力的で、しばらくはこれに集中させてもらえるってことだから、鷲塚的には今がチャンスとばかりに熱中してるんだとは、思うがな」

「――ですね」

今朝は話す間がなかった〝97企画〟のこと、今日は残業している鷲塚さんのことなんかも話しながら――。

「それじゃあ、ここで。お疲れ様でした」

そうして最寄り駅まで到着し、改札を出たところで俺たちは一度立ち止まった。

「おう。また明日！　あ、もしかしたら、小菅がまたピーピー言ってくるかもしれないが、そういうときには声をかけろよ。まあ、あそこまで話をしたら、次に泣きついてくるときは、俺になるとは思うけど」

「はい。わかりました。では、お休みなさい」

確かに、相談や質問なら目下(めした)の俺ってこともあるだろうが、彼女との話し合いの結果報告となったら、境さんになるだろう。

もしくは、鷲塚さん。

立場や年齢的なこともそうだが、気持ちとして頼りたいってなったら、確実だと思うからね！

そんなことを思いながら自宅に向かって歩いていると、胸ポケットに入れていたスマートフォンが振動した。

（――ん？　メールだ。鷹崎部長かな？）

歩きスマホはよくない！　と、充功に言っている手前、俺は歩道の隅で立ち止まる。

次の角を曲がれば、もう自宅だっていうのに、そろそろ残業も終えて、会社を出る頃だから、返事を打ってくれたと思ったんだ。

（――あ、違った）

メールをくれたのは獅子倉部長だった。

十五時間遅れのカンザスからだと、今は明け方のはずだが、何事？

（え!?　取引先とのトラブル勃発で、予定通り出発できないかもしれない？）

カンザス支社のほうでトラブルが起こったようだった。

獅子倉部長からの一斉メールは、俺、双葉、充功、士郎、そして鷹崎部長と鷲塚さんの六人宛だった。

ここに父さんが入っていないのは、アドレスを知らないから――ではない。

多分、獅子倉部長にとって、気軽にため口で話せる友人グループとして組まれたものが、この六人なんだろう。

　士郎だけはスマートフォンを持っていないが、自分用のノートパソコンやアドレスはある。いつの間にか獅子倉部長ともスカイプでやり取りしていたり、主にちびっ子たちの窓口になっているから、今回も漏れなく入っていたんだろうな。

　まあ、我が家の兄弟の上四人を押さえておけば、誰かしらから父さんや弟たちに、情報共有はされるからね。

「トラブルがどういう内容なのかはわからないけど、金曜の深夜にこっちへ着く予定だったら、出発までにあと一日半ぐらいだよね。向こうはこれから出社だろうから、勝負はここから一日ってところかな？」

　俺が帰宅をすると、話題は獅子倉部長のことで持ちきりだった。

　リビング置きのパソコンに向かっていた士郎がさらっと、時差にフライト時間（もろもろ合わせたら十五、六時間くらいかな？）を合わせた移動状況を説明してくれる。

　この場にはメールを受け取った上の兄弟四人が揃い、ちびっ子たちは父さんがお風呂に入れてくれていたところだ。

　テーブル上には、お漬物(つけもの)やお惣菜(そうざい)だけが並んでいて、着替えている間に双葉と充功が温かいご飯やお味噌汁を出してくれる。

（――え!?　牛丼。こんなことってあるんだ！）

そう言えば、この休みは出かけていたから、いつものような惣菜の作り置きがない。父さんが日中に用意してくれたか、スーパーへ行ってくれたんだろう。

でもって、今日は牛肉のバラか切り落としが特売だった？

お肉多め、野菜少なめのメニューに喜ぶ、樹季の顔が目に浮かぶ。

俺は「ありがとう」の言葉と共に席へ着いた。

週末の牛丼予定はこれでなくなったが、それならまだカツ丼があるし、なんならカツカレーでもいいだろうからね！

「土曜は無理でも、せめて日曜に間に合うといいんだけど」

「だとしても、問題は飛行機のチケットだよな。カーネル支社長も快く〝行ってこい〟って言ってくれたんだったら、もう往復のチケットは押さえてるだろうし」

「――だよな」

双葉や充功も人数分の麦茶やコーヒーを淹れて一緒に座る。

「でも、仕事のトラブルってなったら、解決しないことには、どうしようもないよね。前もって知らせて来たってところで、早急に解決できることじゃないんだろうし」

士郎もパソコンを落としてから、一緒に座った。

「社内ならともかく、取引先とってことだからね。さすがに部長が部下に任せて、有休を——ってわけにはいかないのかも。変な話、冠婚葬祭ってことでもないし」

「え！　獅子倉さん、運動会に来られないの？」

——と、ここでお風呂から上がってきたパジャマ姿の樹季が、驚いたように声を上げた。

「獅子倉さん、来られなくなっちゃったの？」

「まだはっきりとはわからない。でも、無理になっても、お仕事だから」

武蔵も見てわかるほど、残念そうだ。

いつもなら「ひとちゃん、お帰り！」って、火照（ほて）った顔で寄ってくるだろうに。

樹季もそうだが、今夜はそれさえ忘れてしまうくらいショックなようだ。

「しーしーは？　しーしー、ないの？　しーしー、えーんえーんよね？」

七生まで、俺の名前よりも獅子倉部長だ。

側まで来ると、スエットスーツの上着をぎゅっと握り締めてくる。

「七生。まだわからないよ。でも、来られなくても、お仕事だから——」

「やーよーっ!!　しーしー、えーんえーんでとぉ！　なっちゃ、だいだいの抱っこよ！」

しかも、ほっぺたを膨らましたかと思うと、すぐに眉をへの字にして——。

俺の上着を掴んだ両手を力いっぱい振りながら、涙をポロポロ零して声を上げた。

「うわぁぁぁぁんっ！　やーよーっ!!」

「な、七生！」

まさか泣かれるとは思っていなかったので、俺も慌てた。

席をずらして、七生を抱っこし、「わかったよ」やら「よしよし」と言いつつ、頭や背中を撫でていく。

「うっそぉ。そこまで大泣きするほど、楽しみだったのかよ」

「久しぶりに会うのが嬉しいのはわかっていたけど、これは想像を超えてきたな」

双葉や充功も驚きだ。まさかここまで七生が獅子倉部長を待っていたとは、俺と一緒で想像していなかったのだろう。

けど、旅行中には鷹崎部長から鷲塚さん、俺たち全員にまで「大好き抱っこ」の練習と思われるようなことをしていたのを考えると、獅子倉部長と競技するのを相当楽しみにしていたんだろう。

みんなでどうしようかと考えた競技のことだし、七生にとっては初めて尽くしの運動会。

何より、久しぶりに見知った全員が揃う日だったから――。

「これで、本当に来られなかったら、獅子倉さんは〝えーんえーん〟どころじゃないね。七生が泣くほど待ってたって知ったら、しばらく部屋の隅で体育座りしちゃいそう」

「――すげぇ、目に浮かぶ光景だな」

士郎がどこか申し訳なさそうに言うと、充功が微苦笑交じりに天井を見上げる。

多分、目頭（めがしら）が熱くなってきたんだろう。

ああ見えて、涙もろいというか、弟たちのベソベソには弱い。

そして、そもそも七生の競技相手に、獅子倉部長の名前を出したのは士郎だ。

場合によっては、仕事で来られなくなることも想定していただけに、責任を感じてしまったのかもしれない。

それこそ全員一致で決めたんだし、誰のせいでもないことなのに――。

「あーんっ」

「七生～っ」

一向に泣き止もうとしない七生の背中をさすりに、武蔵も寄ってくる。

しかし、その武蔵もすでに半べそだ。

「ちょっ、武蔵まで」

俺はもう座っていられる状態ではなく、席から離れて膝を突いた。

両手で武蔵と七生を抱え込む。

「だって……、俺も七生と一緒に練習してたから……。七生と獅子倉さんが、わーいわーいって、一番になるの……楽しみにしてたから」

「そうか。そうだよな」

七生だけじゃない。武蔵にとっても大事な運動会。

武蔵は武蔵で、保育園に通い始める前から、一生懸命七生の世話をしていたんだから、お兄ちゃんとしても弟の晴れ舞台が待ち遠しかったんだろう。

「で、でも！　まだ来れないって決まったわけじゃないよ！」

すると、ここで樹季が声を上げた。

これまでなら一緒にもらい泣きをしていただろうに、今日は我慢しているのがわかる。

「そうだよ。仕事だからどうなるかはわからないけど、でも獅子倉さんならきっと頑張って終わらせてくるよ。土曜に間に合うかはわからないけど、きっと日曜には」

樹季を加勢するように、双葉も席を立って、一緒に七生たちの頭を撫でてくる。

けど、そうだよな！

俺は、ベソベソしている武蔵や七生をいっそう強く抱き締める。

「とにかく、獅子倉さんのお仕事が上手くいきますようにって、〝頑張れ〟の応援動画を撮ろう。それを寧兄さんからメールで送ってもらおう」

士郎も、とりあえず今、何かできることを！　と、考えたのだろう。

席を立つとリビングにビデオカメラを取りに行った。

そうは言っても、将棋大会の長時間録画でありったけのメモリーカードを使い果たしているから、コピーしないと！

いや、こうなったら、スマホでも十分か！

「うん。そうだよ、武蔵、七生。獅子倉部長は、きっとお仕事を頑張ってくれるよ。絶対にいっぱい頑張ってくれるから。ね！」

俺は、そう言って聞かせると、腕の中の武蔵と七生に頬ずりをした。

泣き濡れた頬は、ちょっと湿ったマシュマロのようだ。

「う……ん。わかった」

「あい……ちゃっ」

武蔵と七生は、少ししゃくり上げていたけど、今夜は応援ビデオを撮るということで、気持ちを落ち着けた。

小さいながらに、ビデオを撮って送るなら、笑顔がいいとわかっているのだろう。

俺の上着が鼻水だらけになったが、これこそが武蔵と七生の頑張りの証だ。

（とはいえ、獅子倉部長のプレッシャーになっても困るから、送るかどうかは、あとで鷹崎部長に確認しよう。もしかしたら、鷹崎部長にだけは、仕事の状況説明も行っているかもしれないし――。あ！）

　そして、ここで俺は、ダイニングの入り口に立ち尽くす父さんに気がついた。

「た、ただいま父さん」

「お帰り、寧。なんだか、大変みたいだね」

　どのあたりから見ていたのかはわからないけど、なんとなく部屋に漂う雰囲気から察したようだ。

「父ちゃんも一緒に、獅子倉さん頑張ってのビデオ撮ろう！」

「獅子倉さん、お仕事が終わらないと、来られないんだって！　だからね、お父さん」

「とっちゃもよ～っ」

　そうして、武蔵と樹季、七生に囲まれると、

「そうなのか。それは大変だ。父さんも一緒に応援するよ」

　父さんは、それこそ獅子倉部長が見たら嬉し泣きするんじゃないかって笑顔で、ちびっ子たちと応援ビデオを撮る準備を始めた。

　双葉や充功、士郎も「よし！」とばかりに頷き合う。

（獅子倉部長――。どうか、乗り切れますように）

　俺は、そんな様子を見ながら、まずは残りの夕飯をかき込んだ。

「ひとちゃん、用意できたよ～」

そんな声がかかるまでに、食べ終えた食器を洗って片付けた。

＊＊＊

獅子倉部長宛の応援ビデオの撮影が終わったところで、俺は一応内容の確認をしようと思い、鷹崎部長へ動画を送った。

動画は一人一言ずつのメッセージを纏めたもので、短く軽めのものだ。

その後は七生たちも落ち着いたので、士郎が二階へ連れて行った。

父さんや双葉、充功も自室に上がったので、俺はお風呂を済ませてから、改めてスマートフォンを手に取る。

なんだかんだで、もう二十三時過ぎだ。

（あ、鷹崎部長からだ）

画面に表示が出ていた。

鷹崎部長からのメールだ。俺はすぐに開いて、目を通す。

〝――申し訳ない。今夜は獅子倉のフォローをすることになった。落ち着いたらメールを入れる。何、心配はない。獅子倉のことだから上手くやる。トラブルは初めてのことじゃない。だから寧も今夜はよく休んで、報告を待っていてくれ。あと、確認を頼まれた応援動画は、俺から転送をしておいた。ああいったものを、プレッシャーに感じる奴じゃないから、励みになると思う。それじゃあ、また明日。お休み――〟

着信時間を見ると、動画を送ってから十分も経っていなかった。

鷹崎部長もきららちゃんを寝かしつけて、ようやく自分の時間を得た辺りかな？

獅子倉部長は出社するかしないかくらい？

いずれにしても、なんらかの連絡を取った結果、今夜はフォローすることになったんだろう。

俺は鷹崎部長に〝了解〟と〝転送の感謝〟だけをメールで送って、布団を敷いた。

(獅子倉部長のフォローって、メンタルのことかな？　一晩中、電話やメールで相談に乗るとか？　もしくは、トラブル解決に必要な調べ物を手伝う？　何にしても、鷹崎部長は眠れないかもしれないが、獅子倉部長からすると心強いだろうな。俺にもできることがあるといいんだけど)

そうは言っても、カンザス支社でのトラブル――それも取引先相手とのなんて、想像も付かない。こうなると、俺にできることなんて、出社後の鷹崎部長に気を配るくらいだ。

今回ばかりは、きららちゃんのお世話でどうにかなることでもない。

（いや、あるか――。俺にできること。今日の小菅さんのことみたいに、鷹崎部長に気を遣わせたり、心配をかけないこと。そして仕事で、足を引っぱるようなヘマだけは、絶対にしないことだ！）

俺は、布団を敷き終えると、スマートフォンを充電機に置いた。

「〝充電だ～〟か」

ふと、モノレールではしゃぐ武蔵の顔を思い出して、笑みがこぼれる。

応援ビデオのときの、まだちょっと目が赤い武蔵や七生の「獅子倉さん、お仕事頑張ってね！」やら「しーしー、えーんえーんよ！」も、可愛かったな――って。

おそらく七生は応援のつもりで、がむしゃらに元気な調子を作ってあの言葉を発したんだろうが、俺から士郎は「「「え!?」」」っと、顔を見合わせた。

それこそ父さんなんか、「七生じゃなかったら、ネタバレになっていそうだね」ってクスクス笑うし。

もっとも、獅子倉部長からしたら、まさか七生が自分を感涙させようとして張り切ってるなんて考えもしないだろうから、「しーしーが来ないと七生は泣くからな！」みたいな解釈をしてるんじゃないかな？

七生も泣いたあとでテンパっていたんだろうが、さすがにあれだけを聞いたら「獅子倉部長、頑張れ！」の意味だとは思わないだろうからね。

（さ、寝よう）

そうして俺は、部屋の電気を消すと、鷹崎部長には申し訳ないと思いつつ横になった。

すぐに熟睡してしまったのは、俺の図太さの表れなんだろうな――と、目が覚めたときには思った。

翌日、木曜日。

（まだ、鷹崎部長からのメールはなしか。でも、徹夜明けできららちゃんを幼稚園に送って、それから出社となったら、直接報告のほうが早いだろうし……、え、境さん？）

俺は普段と変わりなく家を出ると、通勤途中に衝撃的な知らせを受けることになった。

それも立て続けにいくつもだ。

（あ、そう言えば、電車に乗ってない！　そうか――。境さんも昨夜のうちから獅子倉部長の応援をしていたんだ。それも、帰宅と同時に会社に戻って、社内で徹夜か……）

ひとつ目は、俺が電車に乗ったと同時に届いた境さんからのメールだ。

ようは、いつも一緒だから、俺が変な心配をしないように、先に知らせをくれたんだ。

そして二つ目は、待ちに待っていた鷹崎部長からのメール。

これも乗車中に届いた。が、なんと今日は自宅勤務になるとのことだ。

昨夜からの獅子倉部長のフォロー？　なのかな。

それ自体が、実は支社長や虎谷専務なんかも承知の話だから、時差のことも考えて、昨夜の時点から勤務扱いになっていたようだ。

そのため、きららちゃんも起きたときから、

〝大変！　きらら、今日はパパのお世話をしなきゃ！　エンジェルちゃんもよ!!〟

〝みゃ！〟

すっかりママスイッチが入ったみたいで、自主的に幼稚園の休みを決めて、鷹崎部長の朝ご飯を用意。その後は仕事の邪魔にならないようにエンジェルちゃんと自室に籠もって、大人しくしているそうだ。

鷹崎部長としては、さすがに幼稚園へは送り届けるつもりだったらしいが、正直に言うなら、今朝はその時間さえ惜しいので、きららちゃんの言うがままになってしまった――とのことだった。

（うわわわっ！　よくわからないけど、すごいことになっているのかな!?　とりあえず、

自宅でもフォロー可能ってことは、ＰＣとネットがあれば手伝えることなんだろうが――。え、今度は何？　父さん!?）

そしてまさかの三つ目は、父さんからのメールだ。

なんでも、きららちゃんからおばあちゃんに、

〝パパが寝ないでお仕事していて、大変なの。きらら、ご飯を作る以外で、どうしたらいいかな？〟

――という相談電話があったらしい。

それでおばあちゃんが、慌てて父さんに話を持っていって、父さんからきららちゃんに折り返し電話。そこで緊急会議が行われた？　みたいだ。

結論から言うと、これから父さんが差し入れを準備して持っていきがてら、きららちゃんとエンジェルちゃんはうちへ連れて帰る。

そのほうが、鷹崎部長も気兼ねなく仕事ができるだろうし、代わりに俺が会社から直行してお世話をしなさい――ってことだった。

もしかしたら、側にいればできる仕事もあるかも知れないし。

自主的にとはいえ、きららちゃんに気を遣わせて自室に籠もらせるよりは、気持ちも楽だろうから――とのことだった。

これは多分――だけど。

父さんは、万が一このトラブル解決が長引いた場合のことを視野に入れたんだろう。トラブルの内容がわからない俺では、その解決までに、どれほどの時間と労力がかかるのかはわからない。

ただ、仮に長引いてしまった場合、鷹崎部長が仕事に集中するには、やっぱりきららちゃんとエンジェルちゃんがうちにいるほうが安心なのは確かだ。

俺がいると邪魔になるようなら、食事の用意だけして帰ればいいわけだし。

そうでないなら、一緒にいて何かの役に立てれば――ってことだから。

（うわ～。なんだか俺が知らないところで、すごい連係プレーがされてないか？　でも、こっちにいる鷹崎部長や境さんまで解決に尽力するってことは、トラブル自体がカンザス支社だけの問題じゃないってこと？　そうしたら、西都製粉そのもののトラブル？）

俺は、ひとつひとつに返信をしてから、着信の止まったスマートフォンをスーツのポケットにしまった。

（でも、獅子倉部長からの一報で動いているのが、鷹崎部長と境さんってところが、何か別な理由も想像させるよな？　そもそも〝97企画〟を作って、動かしてきた人たちだし）

肝心なことが、まるでわからないトラブルだけに、どうもあれこれ考えてしまう。

（鷲塚さんは、どう考えてる？　まさか、一緒になって何か手伝っているとかってことはないよな？　さすがに、俺だけなんの手伝いも要請されなかったら、これはこれですごいショックなんだけど）

　そうして、出社後――。

　俺がいつものように休憩室へ行くと、そこにいたのは鷲塚さんではなく、小菅さんだった。

（やっぱり俺だけが爪弾き!?　いくらなんでも、それはないよ！）

　俺は、昨夜からのトラブル対応が、どういうものなのかまったくわからないが、疎外感を覚えて凹んだ。

　しかも、茫然と立ち尽くす俺に、さらなる報告がされる。

「――え!?　婚約解消しちゃったんですか」

　とはいえ、ここまで続くと、衝撃と言うよりはただのビックリかもしれない。

　小菅さんには申し訳ないが、一瞬でも〝場合によっては自社を揺るがすようなトラブルなのか!?　ピンチなのか!?〟と考えてしまった俺には、一個人の話だったからだ。

「ああ。昨夜、仕事終わりに会って、改めて今の状況はどうにかならないのか聞いたんだ。俺はやっぱり、いくら相手が幼馴染みとはいえ、自分以外の男と二人きりで頻繁に会われ

るのはいやだし。兎田が言ったように、万が一何かがあったら傷つくのは友情を疑わなかった彼女のほうだ。そうなってからじゃ、もっと話が拗れる。場合によっては、婚約破棄に慰謝料が発生することにもなりかねない。それでも、改善してくれないのか？　って」

ただ、それはそれで、これはこれだ。

聞き始めれば、気持ちも変わる。

必死で微苦笑を浮かべているだろう小菅さんの心情を思うと、胸が痛む。

今の俺にとって「婚約」の二文字は、決して他人事ではないからだ。

「けど、そうしたら、慰謝料って言葉が気に入らなかったのか、ぶっちぎれて――」

〝そんなこと、あるはずがない。あなたの考えすぎよ、いやらしい！　そんなに私のことが信じられないの？　信じられないって時点で、そもそもこのまま付き合い続けるのも無理じゃない？〟

小菅さんは、理解不能だ――と言わんばかりに、彼女の言い分も話してくれた。

「だから、そうだなって。今の時点で、ここまで考え方が違うんだから、結婚しても上手くいかない。お互いまだ若いし、十分やり直しが利く年なんだから、別れよう。指輪は捨ててもらって構わないから――って言った」

そうして、スーツのポケットからダイヤの指輪を出して見せてくると、

「さすがに、多少は顔色が変わったが、それでも指輪を引き抜くと〝わかったわよ。もういい、さよなら〟って」

両者、同意の上で婚約解消――そのままお別れになったと教えてくれた。

俺は、小菅さんの掌で輝く綺麗なダイヤの指輪を見ながら、鷹崎部長にもらった時計を、そして俺が渡したタイピンを思い出した。

（品は違えど、渡したときの思いは同じだったはずだ。そして、受け取ったときの気持ちだって――）

そう考えると、俺にもその彼女の気持ちは、わからない。

仮に、俺が彼女だとしたら、双葉と二人きりでいるのは止めてほしいって言われて、切れる感じ？

確かにそれなら、「どうしてそんな考えになるの!?」って思うけど、そういうことではないよな？

こんなときに比較をしてしまうのは申し訳ないけど、一番状況が近いとするなら、鷲塚さん？

でも、そもそも鷲塚さんは、鷹崎部長が嫌がることは、俺より詳しい気がする。

たとえわかっていなくても、一般的に「それはどうなの？」って思われることはしないし、むしろ俺が疎(うと)いせいで、幾度か気をつけたほうがいいことは注意されている。

それは鷹崎部長にプロポーズまでした境さんだって同じだ。

多分だけど、何かで自分が鷹崎部長と一緒のときには、わざわざ向こうから俺に理由を説明してくれる。

きっと、人生だけでなく、恋愛的なことでも、まだまだ俺が未熟で経験も無いに等しいから、ちょっとのことで嫉妬したり、疑わしい気持ちになって凹(へこ)んだりしないように――って、気を遣ってくれているんだろう。

だからこそ、俺は彼女さんもどうかと思うが、その幼馴染みにはもっと不信感を覚える。

さすがに、「婚約者がいるなんて知らなかった」ってことでなければ、この年になっても一緒にいられるような友達の結婚を、幸せを、壊す結果になったんだ。

それについてどう思うのか、聞けるものなら聞いてみたいくらいだ。

まったく理解できる気がしないけど――。

「まあ、婚約とは言っても、まだ入籍や式の予定を決めていたわけではないし。形として、ちょっといい指輪ぐらいは贈ったけど、両親立ち会いの結納(ゆいのう)もこれから決めようってところだったからさ。撤退するなら今だよな――と思って」

それでも、握り締めた指輪を無造作にポケットへしまう小菅さんは、胸のつかえが下りたようだった。

「これは鷲塚や境さんにも言うけど、まずは兎田に。ありがとうな。　昨日は話を聞いてくれて。はっきり、それはおかしいって言ってくれて」

すぐに「あー、スッキリした！」ってことには、ならないだろうし。

それが当たり前だと思うけど、少しずつ微苦笑が微笑くらいにはなっていく。

「そして、ごめん。鷲塚にも言われたとおり、俺、兎田ならもっと甘い返答をするだろうって考えていた。それこそ、俺たちの世代なら、そんなもんですよ――とか。もしかしたら、早く結婚したくて、やきもきさせてるだけかもしれないですよ――とか。少なくとも、別れに直結するようなことを、あんなにはっきり言われるとは思っていなかった」

そうして小菅さんは、改めて相談相手に俺を選んだ心情を話してくれた。

それこそ身体を折って、謝罪もしてくれた。

「でも、ストレスを抱えて家事に育児に仕事はできない。ミスの言い訳にもしたくない。何より、何かのときには、友情を信じていた彼女が傷つく。そう言われて、本当に甘かったのは俺だけだったと痛感したよ」

ふと、小菅さんから自虐的な溜め息が漏れる。

それが俺には、いろんな感情はあっても、やっぱり彼女が好きだったんだな、そりゃそうだよな――って、思わせる。

「正直、俺にはもったいないくらい可愛い彼女だったから、なんとか引き止めておきたかった。あとは、俺のほうが大人なんだから、多少のことには目を瞑って――とか。そのくせ、ちょっと仕返ししてやる。俺の気持ちをわからせてやる。なんて考えながら、それでも同僚の女子や、地元の女友達にさえ声をかけられなくて――。勝手に兎田を巻き込んで、本当に悪かったよ」

ただ、これでもしも彼女が、これまで以上に小菅さんの気を引きたかっただけ、本当に結婚を早めたくて、わざと危機感を煽っただけとかってことなら、嫉妬を煽るのに選んだ相手を間違えたとしか思えない。

そういう意味では、小菅さんが仕返しに異性を引き合いに出さなかったのは、それをしたら取り返しが付かないことはわかっていたんだろう。

地元の女友達はわからないけど、ここにはどこの部署にも二つ返事で「いいわよ〜」って、引き受けてくれそうなノリの女性は多いしね。

「鷹崎部長にも余計な気を遣わせて――。でも、さらっと部下の心配をしたり、フォローをしたりできる上司がいるから、兎田も公私混同には厳しいんだろうな。確かに、わかりきった原因とストレスから犯したミスの尻拭いなんて、させられないよな。そうでなくても、部下は自分だけじゃないんだからさ」

そうして小菅さんの反省は、それとなく食事代を払ってくれた鷹崎部長へも向けられた。

同時に、俺が勢いのまま発した言葉の中から、真意というか、鷹崎部長への思いみたいなものも、しっかり理解してくれていた。

それこそ、部下としての俺の思いを――。

「まあ。そこは、俺自身が一度、鷹崎部長どころか、虎谷専務まで引っ張り出すような大失敗をしてますから」

「――ああ。そういえば、兎田がハッピーレストランでやらかしたのは、去年の今ぐらいだもんな。結果オーライだったとはいえ、あのときはうちの部署にまで兎田が辞表を出すかもしれないって、噂が流れてきたくらいだから」

話の流れからとはいえ、確かにそうだった――という黒歴史が浮き彫りになる。

しかも、よくよく思い出したら、丁度一年前の今日じゃないか！

「知りませんでした。お恥ずかしい限りです」

こんなタイミングで思い出したくない話ではあったが、これはこれで記念日なのかな？

鷹崎部長が、俺の失敗に対して「怒りすぎた」「申し訳ない」と言って、初めて仕事帰りに食事に誘ってくれた日だ。

ただし、大阪(おおさか)本社にいたときの彼女にプロポーズするつもりで予約したマンデリン東京——なのにフラれた！　電話で別れてた‼——リムジンでお迎え付きの一泊二日、室内での高級ディナー付きだったけど！

(詳しく思い出すと、いろいろ複雑だ)

俺は一瞬、鷹崎部長へ「記念日ですね」ってメールすることも考えたが、こんな状況下ですることではないな——と思った。

それこそカンザス支社が「ハリケーンの被害でどうこう」っていう話だって、去年の今頃だ。

それで獅子倉部長が、運転中の車に飛んできた雌牛に激突されて——‼

これのおかげで、例の写真のモー美ちゃんとモー子ちゃん、そして飼い主さんと知り合いになったのは確かだろうが、未だに聞いた話だけでは想像ができない被害内容だ。

(なんか、この時期のカンザスは呪われてるのか？)

不謹慎だが、今年も同時期にトラブルか！　と思うと、そうした考えに至ってしまう。

「あ、寧！　小菅さん。おはようございます！」

——と、たった今出勤してきたらしい鷲塚さんが、足早に寄ってきた。

小菅さんが、すかさず「おはよう」と返す。

「え!? おはようございます。というか、どうしたんですか、その買い物」

「会社の前まで来たら、いきなり境さんからメールが届いてさ。〝腹減った〟って、買いに行かされたんだよ。なんか、昨夜から泊まり込みしてるとか、なんとか」

どうやら、昨夜からカンザスのフォローに借り出されていた訳ではなさそうだ。

俺は、仲間外(はず)れではなかったことに、安堵する。

我れながら、なんてセコいんだ!!

「そうだったんですか。それは、朝からお疲れ様です」

それでも自分の気持ちに嘘は付けない。

きっと俺は、鷹崎部長や境さん、鷲塚さんにも嘘を付き通すことはできないだろうから、いずれ今の気持ちを打ち明けるだろう。

「そういうわけだから、届けてくるよ。じゃあ、また」

「はい！」

カンザスのトラブルが解決したときに。

四人でまた朝のコーヒータイムを、楽しめるようになったときに――。

6

鷹崎部長不在の中で、俺も先輩たちも粛々(しゅくしゅく)と仕事をこなしていった。

特に横山課長と野原係長は気合いが入っており、「部長の分まで頑張ろう」「一日気を抜かないようにしていきましょう」と話し合ったようで、

「みんなもそのつもりで協力してくれ」

「俺たちも頑張るから、よろしくな！」

朝礼時には、俺たちにそう声をかけてくれた。

一方的に「頑張れ」や「気を抜くなよ」って言わないで、一緒に乗り切ろうなって言ってくれるところが、横山課長や野原係長らしい。

でも、こうした何げない声かけから、鷹崎部長へのリスペクトが感じられて、俺としてはすごく嬉しい。鷹崎部長自身が普段からこうした言い方に徹しているから、自然といい方向に同調するまま身についてしまうのかもしれない。

他部署がどうなのかはわからないけど、隣の第二営業からは、時々エキサイトした稀本部長の「いいか、わかったな。頑張れよ。結果を出せよ」って声が聞こえてくる。

そこに「今日も一緒に頑張りましょうね」ってフォローを入れているのが、鷹崎部長の元上司でもあった吉原課長だ。

そう考えると、ナイスミドルを地で行くイケオジな虎谷専務も、わりと下には穏やかに接してくれるし、極妻さながらの支社長も、いつもおらおらしているけど直接話してみると社員に寄り添ってくれる優しいトップだ。

もちろん、言うときは言うし、鷹崎部長を含めた役付きには、怒声も罵声も浴びせる。けど、それでも相手は選んでいるみたいで、口ごもって言い返してこないようなタイプの人には、相当抑えている気がする。

その分、鷹崎部長みたいに噛みついていくタイプには、容赦がないけど、そうしたやり取りを幾度か見ると、信頼の上に成り立っている関係性なのはわかる。

俺からだと、支社長、虎谷専務、鷹崎部長、獅子倉部長、境さん。

そこから横山課長、野原係長という縦繋がりしかわからないけど、全員弱い者いじめはしない。上のいい影響が下へ下へと流れていくから、俺も五月病とは無縁な社会人生活を送れているんだろう。

本当に有り難いことだ！

「野原係長。これから外回りへ出てきます。四時には帰社の予定です」

「おう、兎田！　頑張れよ。でも、何かあったらすぐに連絡をしろよ」

「はい！」

野原係長は、普段より慎重に、そして過保護になっているけどね！

（そろそろお昼か。父さんは鷹崎部長のところへ行ったかな？　――あ、きららちゃんとエンジェルちゃんを連れて、もう家に向かっているのか）

そうして、部屋から出てエレベーターホールへ向かう途中で、俺はスマートフォンを取りだし、メールチェックをした。

父さんからの報告が届いている。

今日は七生も保育園がない曜日だから、一緒に連れて行ったようだ。

向こうに着いても、お弁当などの差し入れを渡して、すぐに引き上げたらしい。

ただ、そのときに七生が鷹崎部長に〝きっパ、ガンバ！〟って言っていたようだから、やっぱり獅子倉部長への〝えーんえーんよ！〟は、言い間違えていたんだろう。

なんにしても、父さんには感謝だ。

（鷹崎部長の仕事が捗って、きららちゃんが少しでも安心できるといいんだけど――）

それにしても、エントランスに出るまでの間に、俺は気付いたことがあった。

いつもはちょっとしたことでも、すぐに噂が広がる社内だが、今日は行き交う人たちからそうしたことを耳にしない。

(さすがにカンザス支社のことだし、こんなものなのかな？　トラブルの中心が東京支社や本社だったら、また別？)

もしかしたら、鷹崎部長や境さんの様子からしても、今回のことは一部の人だけしか知らされていない。

ここでは限られた人たちだけが、対応に追われているのかもしれないが——。

(どうか、一刻も早く解決しますように)

俺は祈ることしかできないが、せめてその分も仕事で頑張ろう！　と思った。

ミスがないのは当然のこととして、少しでも注文数を多くできるように努力しよう！　って——。

任務終了に睡眠不足が合わさり、ランナーズハイになっていたのかな？

獅子倉部長から、かつてないほど浮かれた一斉メールが届いたのは、退社時間のころだった。

〝お疲れ～！　大変お騒がせしました。なんとか、予定通りにカンザスを発つことができました！　みんな、応援動画をありがとう！　しーしーは頑張ったぞ‼　あ、羽田到着は、予定通り金曜の二十三時過ぎだから、鷲塚、迎えをよろしくな！　それじゃあ、お休みなさーい♪〟

そして一分と違わず、鷹崎部長からも。

〝寧へ。終わった。一度寝る。申し訳ないが、来たら声をかけてくれ〟

――という、かつてないほど短く、要件のみのメールも届いていたから、最悪の事態は逃れたってことだろう。

トラブルの内容はわからないが、フラフラになってタクシーを手配していた境さんが、

「捨てる神あれば、拾う神ありだ。じゃあな～っ」

俺と鷲塚さんにそう言って帰って行ったので、むしろ事態は好転したんだろう。

トラブルというピンチをチャンスに変えて、その上成果⁉

何かしらよい結果を出したってことだ。

「よかったですね、鷲塚さん。まったく内容はわからないですが」

「本当にな。カンザスで取引先とトラブルってこと以外、何一つ知らされていないが、結

果オーライってことで」

その後、俺は鷹崎部長のマンションへ寄るので、「お疲れ様でした」と言って、会社を離れた。鷲塚さんは、傷心の小菅さんを元気づけるか、気を紛らすかってことで、二人で犬飼の見舞いに行くそうだ。

そこからは流れで、飲み会に発展するかもしれないが——。

俺も境さんも今夜は用事があるので、鷲塚さんがフォローしてくれると知って、ホッと胸を撫で下ろした。

（——ん、電話？）

しかし、俺のスマートフォンが振動したのは、丁度新宿駅へ着いたときだった。

「もしもし」

かけてきたのは父さんときららちゃん。

「——え？　そうなの？　多分、寝ていて起きないんだとは思うけど、心配だよね。俺が着いたら、様子を報告するから、三十分くらい待っててくれる？」

聞けば、獅子倉部長から「無事終了」のメールが届いたから、これで鷹崎部長も開放されたと思い、電話をしたそうだ。

だが、スマートフォンにかけても、固定電話にかけてもまったく出なくて、留守番電話に切り替わるだけ。寝ていて起きられないだけならいいが、そうでなかったら心配だし――ということで、俺のほうに「もう、パパのところに着いた？」って、聞いてきたんだ。

その声は、すごく不安そうで――。

きららちゃんは、以前、父さんが徹夜と風邪のコンボで倒れて入院した姿を見ているから、悪いほうに想像をしてしまったのだろう。

けど、そう言われると、俺も心配になってくる。

「うん。それじゃあ、またあとでね」

俺は通話を切ると、足早に地下鉄のホームへ向かった。

（鷹崎部長、どうかぐっすり寝ていてくださいね！）

ここから麻布のマンションまでは、徒歩を入れても十五分程度だ。

俺は心底から鷹崎部長の安眠を願って、電車へ乗り込んだ。


（あ、そう言えば、白兼専務はどうしてるかな？　そのうち父さんと会えたらって言っていたけど。あれからけっこう経ってるよな。父さんに予定を聞いて、来週辺りに、連絡してみよう）

マンションの最寄り駅で降りた俺は、向かう途中で取引先でもある有機食品や製品専門の高級スーパー〝自然力〟の本店を通り過ぎて、そこの専務さんのことを思い出した。

なんでも父さんの一学年下で、高校時代の後輩さん。

卒業してから一度も会っていないのに、当時とそう変わらないだろう俺と会ったものだから、最初は驚愕と混乱をしていた。

もしかしたらその後に説明した、父さんが若くして結婚し、十九のときに俺が生まれたことのほうが、もっと驚いていたかもしれないが！
けど、そんな白兼専務は、前職がハッピーマーケットで、当時の上司が、同じく前職がマーケットのほうだった本郷常務だというから、いろんな意味で侮れない。
うちからは〝雪ノ穂〟をメインにした有機ブレンド粉を卸しているんだが、交渉したときのことを思い出すと背筋が震える。

結局、交渉自体は俺を通して鷹崎部長と白兼専務がしていたようなものだったので、問題なく終了した。

――なんてことを思い出しているだけでも、俺の公私のすべてから鷹崎部長の存在を感じてきて、倒れていないか心配になる。心臓がドキドキしてきた。

（でも、この前も虎谷専務からの頼まれ仕事がどうとかで徹夜をしていたときに、会社でうたた寝していたからな――。それが、徹夜明けで夕方まで一睡もしていないってなったら、俺にメールを送ったところで、爆睡しちゃった可能性のほうが大きいよな)

自分に（鷹崎部長は寝てるだけ」と言い聞かせて、マンションの中へ入っていく。

そして、合い鍵を手に部屋へ向かう。

「お邪魔します」

とにかく鷹崎部長が疲れて寝ていることを想定して、静かに中へ入った。

そろそろと廊下を通って、リビングへ。

そして、そこから続く鷹崎部長の部屋へ入っていく。

「失礼します。部長?」

洋間のドアを開くと、最初に目に付くのは扉正面に置かれたパソコンデスク。

画面は落ちているが、昨夜から使用した資料っぽいものやプリントアウトした書類は、無造作に積まれたままだ。

(あ、これは――)

そして、向かってパソコンデスクの左側、窓際に置かれたベッドを見ると、鷹崎部長が薄手の掛け布団を抱えて横になっていた。

また、ベッドの下にはスマートフォンが落ちていて、普段はベッドヘッドに置くのにって考えると、コールがうるさくて手で払った可能性が大だ！

（うん。爆睡中だ。間違いない）

家電のほうも、留守番電話がセットされたままだったし、おそらく昨日出勤したときから、一度も触っていなかったのだろう。

俺は、疲れ果てて眠っている、寝相もいまいちな鷹崎部長には悪いと思いつつも、様子を動画に撮って、父さんのスマートフォンへ送った。

それからリビングへ出て、家電のほうへ連絡を入れる。

すると、「もしもし」って言ったと同時に、

〝ありがとう、ウリエル様！　今、ミカエル様がパパの動画を見せてくれたよ。本当！パパ、寝ているだけだった。よかった！〟

きららちゃんが嬉しそうに、そして安心したように御礼を言ってきた。

やっぱり、こういうときは言葉や文字だけで知るよりも、本人を見るほうが安心するよね！

きっとその周りにいるだろう父さんや士郎たちも、ホッとしていることだろう。

樹季や武蔵、七生の「よかったね！」「やった～っ！」「きっパ、ねんねよ～っ」という声も聞こえてきた。

〝きらら、ちゃんとミカエル様のお手伝いをするから、ウリエル様も安心してね。きららの代わりに、パパをお願いね。ふふっ〟

さっきとは、打って変わって明るいきららちゃんの声に、俺まで元気が増すようだ。

「ありがとう。そうしたら、明日仕事が終わったらパパと一緒に帰るから、父さんたちとお留守番をよろしくね」

〝はーい！　鎌倉のお祖母ちゃんたちも少し早めに来て、お隣のおばあちゃんと一緒に、お弁当準備のお手伝いをするわね～って言ってくれたから。まかせて！　ね、ミカエル様！〟

〝そうだね。あ、寧。そういうことだから、こっちの心配は要らないよ。鷹崎さん共々、慌てないで帰って来てね〟

「うん。父さんもありがとう。七生たちも、みんなお手伝いするんだぞ」

〝はーい！〟

そうして俺は、通話を切って、ここまで素通りしてしまった仏壇へ向かった。

きららちゃんのご両親に両手を合わせて挨拶をしてから、いったんキッチンへ向かう。

（そうだった。この週末は充功や武蔵、七生の運動会が続くってことで、急遽お祖父ちゃんたちも遊びに来ることになったんだっけ）

先週までは、「自分たちまで見に行ったら、颯太郎や寧が大変なだけだから」と考えて、遠慮していたらしい。

けど、鎌倉泊まりでこれまで以上にお隣さんや鷹崎部長、鷲塚さんとも馴染んだことで、向こうを出るときには「次は週末に！」ってことになった。

そのときに鷲塚さんが、「是非、トレーラーハウスでも一泊してくださいね」って声をかけていたから、いっそう楽しみになったみたいだ。

獅子倉部長も無事に出発できたし、今年の運動会は保護者席のほうが、類を見ないほど賑やかになりそうだ。

ただし、この二日間は体力や時間があっても将棋は禁止だけどね！

（去年の中学と幼稚園の運動会は、うちとおじいちゃんたちで見に行くだけだったのに。まあ、それでも十分過ぎるほど、賑やかだったけど――、不思議なものだな）

俺はキッチンへ入ると、

「失礼します」

誰に向けたわけでもないが、一声掛けてから冷蔵庫を開けた。

朝、急遽きららちゃんを迎えに来ることを決めた父さんが、鷹崎部長用に差し入れたのは、おにぎりやサンドイッチなど、デスクワークをしながらでも食べやすそうなもの。

これらが大小の使い捨ての容器に、ちょっとしたおかずと一緒に詰められていて、空腹具合で量も選べるようになっている。

ダイニングテーブルの上には、お湯を注ぐだけの即席スープや豚汁もあって、このあたりは普段から徹夜作業かつデスクワークをしている父さんならではの心遣いだ。

寝る前までに、どれくらい鷹崎部長が食べられたのかはわからないけど、二人で食べても今夜と明日の朝食分くらいは残されている。

こうした形で、きららちゃんからの「どうしたらいい？」に全力で応えてくれたことには、感謝しかない。

（ありがとう、父さん。あ、これひとつもらうね）

俺は小さな容器に入ったおにぎりセットを手にし、リビングの仏壇に供えた。

あとで俺がいただくにしても、まずはお義兄さん、お義姉さんにも食べて貰わないとね。

「さて、これからどうしよう」

時刻はまだ八時前。鷹崎部長からは「来たら声をかけてくれ」とメールをもらったが、「起こしてくれ」とは書かれていなかった。

仮に仕事でまだやることがあるなら、はっきりそう書いてくるだろうし、何より「寧へ」とはしないだろう。

「やっぱり、起こすなら明日早めに――が、いいよな。ゆっくり朝風呂に入れるくらいの時間で。途中で目を覚ますようなら、それはそれだし。うん。そうしよう」

俺は、今夜の方針を決めると、鷹崎部長には申し訳ないが、かつて知ったるなんとかで、まずはあり合わせでお味噌汁を作らせてもらい、先ほど供えたおにぎり弁当を一人で食べた。

即席スープは取っておけるし、明日の朝は鷹崎部長に具だくさんのお味噌汁を出してあげたかったからね。

(――あとは)

そうして先に夕飯を終えると、俺は鷹崎部長のクローゼットに置かしてもらっているパジャマなどの着替えを取りだし、シャワーを借りた。

俺が部屋に出入りしていても、まったく起きる様子がなかった。

むしろ「うるさいな」って言わんばかりに唸(うな)られて、寝返りまで打たれたから選択は間違っていなかったんだろう。

これには俺も、「本当に疲れたんだろうな。お疲れ様です」って思いやる気持ちと、「鷹崎部長はお腹が空いていても態度にはでないけど、安眠妨害にはキレるタイプなのかもしれない」という発見が重なり、吹き出しそうになるのを堪えるのが大変だった。

いや、一人でシャワーを浴びながら、結局笑っちゃったけどね。

だって、まさかこんなところで「充功じゃあるまいし！」ってなるとは、考えなかったし。薄手の布団を抱いている姿なんて、武蔵か七生にしか見えなかったんだ。

（は〜。さっぱりした。さてと！）

そんな楽しいシャワータイムを終えた俺は、髪までしっかり乾かし、それから目に付くところを掃除し、片付けていった。

エンジェルちゃんのおトイレなどもすべてチェック！

明日は会社帰りにそのままうちへ来ることになるから、こうしたことを今のうちにやっておいたら、週明けを綺麗な状態でスタートしてもらえる。

だから、きららちゃんの制服や鷹崎部長のスーツにも、念入りにブラシを掛けた。

（これでいいかな？　あとは、鷹崎部長ときららちゃんにチェックをしてもらって、見落とした分はごめんねってことで）

これはこれで自分勝手だが、俺はこれ以上はわからないってところまで済ませると、電気を消して、鷹崎部長の部屋へ入った。

鷹崎部長は先ほど寝返りを打ったままの姿勢で熟睡していたから、これなら隣に横になれそうだ。

深夜に再び寝返って、「邪魔だ」「どけっ」って転がされても、まあ——ご愛敬だろう。

その覚悟で寝かせてもらう分には、本当にベッドから落とされても、俺は大爆笑するだけだからね！

（こんなところまで一年前とかぶるところがあるなんて）

俺が最後の電気を消して、鷹崎部長の隣へ入る頃には、二十二半時を回っていた。

誰からのメールも入っていなかったし、きららちゃんや弟たちの心配もないようだ。

今夜は安心して横になれる。

（鷹崎部長——。大好き）

俺は、一年前の夜を思い起こしながら、鷹崎部長の寝顔を覗き込んで、その頬にキスをした。本当は唇にしたかったけど、そっぽを向いて眠っていたから、これで我慢だ。

——なんて、こんなことを思う日が自分に来るとは、想像もしていなかった。

（一年前の今日か……。母さんに助けを求めていたのが、嘘みたいだ）

俺は、それからしばらく鷹崎部長の横顔を見ながら、いろんなことを思い出していた。

そしていつの間にか眠りに堕ちたようで、

〝寧。いつもありがとう〟

〝貴さん。俺のほうこそ、いつもありがとうございます〟

なんだかイチャイチャ、ラブラブしている夢を見た。

どちらからともなく微笑み合って、心ゆくまで抱き合った。

そんな極上に甘い夢を――。

＊＊＊

翌朝、俺は嬉しいやら恥ずかしいやらという夢に照れながら、朝を迎えた。

スマートフォンのアラームは普段のままにしていたが、昨夜はいつもより早く寝たせいか、鳴る前に目が覚める。鷹崎部長のマンションから会社までは三十分もかからないし、今朝はゆっくりできそうだ。

「おはよう、寧。昨夜は悪かったな。起きられなくて」

「おはようございます。そんな、気にしないでください。それより、本当にお疲れ様でした。獅子倉部長も予定通り出発できて、よかったですね」

鷹崎部長は五時前には目が覚めたらしく、シャワーを済ませていた。

そして、俺が目を覚ましたときには、作り置きのお味噌汁を温めて、父さんからのおにぎり弁当もレンジでチン。サンドイッチ用のコーヒーも淹れてくれて、それぞれ半分ずつ

食べようか――となった。

賑やかさがなくてどこか寂しいが、これからの結婚生活を思わせて、胸が弾む。

大好きな人が目の前にいる。それだけで俺は、とても幸せだ。

「え!? 契約農場の代表が事故死？ 新たな代表の方針変更で他社と合併!? それでうちとの単独契約が白紙になったんですか⁉ それって、これまで入荷していたものが、入ってこなくなるってことですよね？」

しかし、そんな浮かれ調子は、せいぜい十分程度だった。

俺が獅子倉部長の話題を出したら、鷹崎部長が「本当にホッとしたよ」って返してくれたのだが、そこから説明してくれたトラブル内容がすさまじかったのだ。

俺程度の知識でも、全然ホッとなんかできない話だ。

「――まあな。代表が変わることで、これまでの方針や契約が一変することはある。実は先代が赤字を隠していたなんてケースもあるし、それこそ引き継ぎ直後に倒産なんて例もあるからな」

鷹崎部長はコーヒーカップを手に、見るからに〝参った〟という表情をしていた。

一応の決着は付いていても、誰かに今の胸の内を明かしたかったのだろう。

仮に俺が興味津々で聞いたとしても、鷹崎部長ならさらっと話を逸らすこともできるだろうし――。

そうなると、今回はカンザス支社の出来事だから、話してもＯＫってこと？

もしくは、あくまでもここだけの話？

そうでなければ、これは俺ごとき平社員が聞いていい話とは思えない。

「しかし、そこの経営状況は決して悪くなかったはずなんだ。獅子倉も担当者として気を遣っていたし、先代とも上手くやってきた。それが、お悔やみカード（シンパシー）の返事がこれだ。まったくの寝耳に水で――。当然、カンザス支社長から社長たちにも話が回ったものだから、うちの支社長もブチギレだ。何せ、合併は合併でも、吸収される側で、相手は業界でも五指に入る趙製粉（ツァオミリング）グループだ。ようは、ライバル社に持って行かれたってことだからな」

――なんて思っていたら、経営陣には連絡がいっている。

やはり対岸の火事ではない。

しかも、ツァオミリンググループと言えば、近年欧米諸国の会社を吸収し続けている中国資本でもトップスリーに入る穀物（こくもつ）のアグリビジネス――資材、生産、加工、流通、販売のすべてを展開している――企業グループだ。

そう考えると農場を買収しても不思議はない。

西都製粉のように、加工から販売を手がける製粉会社とは違い、農業生産どころか肥料や農機具まで作るんだから、そりゃあ各分野の企業買収にも力が入るわけだ。
（それにしても、獅子倉部長。お悔やみを送った返事がこれって……。いったい、どんな交代劇があったのかわからないけど、そりゃ帰国してる場合じゃなくなるよな。むしろ、その状況から、どうやって起死回生できたのか、そのほうが気になるって）

俺の背筋がいっそう伸びた。

これはもう、鷹崎部長は何も言わなくても他言無用を理解する俺だから話してくれているんだと決めて、自分からも聞くことにする。

「そうしたら、今後はカンザスでの契約農場が一つ消える。その分、仕入れが減ってしまうんですか？」

「早急に代わりを見つけなければ、そうなる。ただ、もともと生産量も契約入荷量も少ないところだったから、仕入れ自体の痛手は少ない。それより問題だったのは、その生産量の少なさを補えればと、カーンザの共同研究相手に選んでいた。なので、これまでの研究データを他社へ持って行かれたことが、一番の痛手だな」

――と、ここでまた初めて聞く話が出てきた。

（農場との共同研究？　品種改良のような後押し的なものではなく、カンザス支社が一緒にやってきたってこと？　もしくは出資だけ？　それにしてもカーンザか――）

俺は咄嗟に、自社ホームページの会社概要や株主宛のアピールページ、そして、定期的に発行される社内報に、そんな研究や経過のことがあっただろうか？　と必死に思い起こした。

だが、士郎ほどの突き抜けた記憶力はないし、すべてに目を通しているわけでもないので、無理だった。

しかし、カーンザという穀物の名前には覚えがある。入社当時の社員研修で、自社では扱っていないような雑穀や飼料（しりょう）穀物なんかも、資料に載っていたからだ。

ただし、先にこのカーンザに目を付けたのは鷲塚さんだ。

確か休み時間に、「これすごいぞ」って言われて、「何がですか？」みたいな流れで、話題になったのが、このカーンザだったんだ。

「カーンザって、多年生のですよね？」

俺の記憶に間違いが無ければ、カーンザはイネ科の穀物だ。

ただ、小麦のように一年経つと枯れるような一年生ではなく、何年も成長する多年生で。

それこそ長年にわたって、三メートルくらいは根を張るから、一年生のものよりも多くの二酸化炭素を大気中から取り込み、土の中へ封じ込めることで土壌内の生態系を回復させる効果を持っている。肥料から出る窒素（ちっそ）も、その長い根に閉じ込めてくれるので、川などへ流れ出るのを防ぐ効果もあったはずだ。

　しかも、あまり土を耕さなくても成長するし、何より小麦よりも少ない水で育つ！

　地球温暖化による気候変動の影響、干（かん）ばつに強い穀物ということだ。

　まさに持続可能（サステナブル）な農業に適したスーパー穀物ってことで。

　干ばつなどで起こる食糧不足を念頭に置いたら、今後小麦の代替品（だいたいひん）として注目をされそうだよな――と、鷲塚さんが言っていたものだ。

「そうだ。よく覚えていたな。最初の研修ぐらいでしか、名前も見なかっただろうに」

「は、はい」

　俺にカーンザの説明が不要とわかると、鷹崎部長はすごく嬉しそうに笑ってくれた。

　まるで優秀な部下を持った俺は幸せだ――と言わんばかりに。

（ごめんなさい！　多分、鷲塚さんの言葉がなければ、俺は完全に見逃していたと思います。そもそも今の今まで、たったの一度も思い出さなかったし）

けど、さすがにここで「いえ、実は――」と言える雰囲気ではないので、自分の手柄ではないことはあとで説明しようと思う。

　なんだか、ズルをしたようで、罪悪感があるから。

　それでも俺は、鷹崎部長への「ごめんなさい」を後回しにしてしまうほど、この話の先が気になっていた。

「それって、そのカーンザの——、想像ですが〝この先、いかに今より需要があって、美味しく食べられるようにしていくか〟という自社の研究データが、合併と共にツァオミリングに渡ってしまったということですよね？」

するとと鷹崎部長は、

「まあ、そんな感じだ。ここまでのデータはもちろん、こちらにもあるが——。ただ、この共同研究をセッティングし、見守り続けていたのが獅子倉だったから。裏切られたことへの怒りよりも、ショックのほうが大きかったようで。それで一昨日の晩は、俺にも何かできることはないかって、連絡を取り合っていたんだ。——が、そこでいきなり、境や支社長、虎谷専務、そしてカンザス支社長が加わって、急遽オンライン会議になった」

溜め息交じりに、そのときの様子を教えてくれた。

俺からしたら、聞いただけで震え上がるような面々揃いだ。

それでもどこか身内感を覚えるのは、支社長以外は、比較的普段から親しく話をしているからだろう。

カンザス支社長にしても、すでにスカイプを通じてパーティーをしているし——。

けど、ほんの少しの甘い感情も、一瞬で吹き飛ぶ。

〝申し訳ありません。二社の動きに、まったく気付けなくて――〟

画面越しに獅子倉部長の土下座から始まった会議は、鷹崎部長も見ていて、さぞ辛かったことだろう。

そもそも土下座って行為自体が、日本特有の文化なのかな？

お香典と一緒で、米国では聞かないみたいなことを、耳にしたことがある。

だからか、一緒にいたカンザス支社長も、獅子倉部長の姿には相当慌ててたらしい。

すると、その姿を見た支社長が、

〝阿呆か！　頭を上げて立ちや！　急死によるトップ交代劇、いわばお家騒動みたいなもん、赤の他人のあんたに読めるも何も、あるわけないやろう。だいたい、過ぎたことはどうでもええんよ。いいか、今からうちの言うことを心して聞けや！〟

画面越しでも、まったく威力が衰えることのない叱咤をぶつけて、獅子倉部長を立たせたらしい。

そして、ここからはもう、紅一点である支社長の独壇場だ。

〝そもそもこのカーンザ研究は、あんたが食と土壌の将来を見据えて立てた企画や。カンザス行きの辞令を快く受ける交換条件として、図々しくもウチらにゴリ押しで了承させた案件やろう。それを、こんな形で他社にかっ攫われて、ショックなのはわかる。けどな、そうして凹む前に、やることがあるやろう。まずは、後足で砂をかけて来よった相手とツァオミリングに目に物見せてやらんか！　この西都に喧嘩を売ったこと、胃腸がねじ切れるくらい後悔させたれや！〟

〝――っ、はい〟

獅子倉部長は、返事こそしたが蚊の鳴くような声だったらしい。

一緒にいたカンザス支社長は真っ青だし、境さんと虎谷専務は支社長の背後に直立不動のまま硬直。鷹崎部長に至っては、自分のほうがお腹が痛くなってきたそうだ。

でも、わかる！

こうして人伝に聞いている俺でも動悸はしてくるし、心なしか胃も痛くなってくる。

それでも、うちの支社長はいつなんどきであっても、変わらない方で――。

そこからフッと笑って見せると、

〝わかったら、さっさと代わりの農場を探し。あんたがそっちへ行ってからセッティングしたカーンザ研究データなんて、たかが数年分。それもまだ社内広報にさえ載せとらん、商売にはほど遠い段階やろう。むしろ、肝心なのはここから。〝雪ノ穂〟に何十年も心血注いだ三郷有機の社長を見てきたあんたなら、それくらいわかるやろう〟

口調はぶっきらぼうだが、力強く言い諭した。

入社してからの獅子倉部長の仕事内容を理解し、また十分評価した上で、今回の件はそこまで悩み、落ち込むことではないと伝えてきたのだ。

〝支社長〟

これには獅子倉部長だけでなく、鷹崎部長も男泣き寸前だったという。

けど、それはそうだろう。

支社長は他の誰を引き合いに出したわけでもなく、今を乗り越えるための知恵や力は、すでに獅子倉部長自身が持っている、これまでの仕事経験が、そしてそこで知り合ってきた取引先の人々が教えてくれているはずだと、笑い飛ばしてくれたのだから——。

〝なあ、獅子倉。基本、数字しか見んうちら経営陣に、いい麦は紙の上で育つんやない。豊かな土壌と綺麗な水、人の手間暇が育てるんや。だからこそ見るなら、五年十年やない。もっと先のことを考えて、今からできることに対策し、投資するのも大企業の勤めやと思う言うて、でかい口叩いたのはあんたやろう。でもって、ほな、責任持ってやりやって、このうちに言わせたのも獅子倉、あんたや。もっとそのことに自信を持って、胸張りや！

——な〟

その後支社長は、自分が信じたからこそ獅子倉部長がやりたいことをやらせている、カンザスの地で予算も投じて実行させていることを、改めて確認させて、激励したという。

〝は……い〟

〝ほな、ここからうんとええもの作って、必ず会社を儲けさせるんやで。あとは、ツァオミリングの連中には、お前ら奪い時を誤ったなぁ言うて、笑える結果を出すんやで〟

〝はい！〟

すると獅子倉部長の返事も次第に大きく、はっきりしたものになり、会議の終盤にはすっかりやる気を取り戻していた。

〝――鷹崎！　どうせ〝雪ノ穂〟〝97企画〟同様、カーンザにも関わってきたんやろうから、手持ちの仕事と相談しつつ、できるだけ獅子倉に加勢してやり。もちろん、龍彦や虎谷もや〟

〝はい!!〟

そしてそれは、この会議メンバーに選ばれただろう鷹崎部長たちも同じで――。

〝あ、スミス。あんたにも苦労ばっか掛けとるけど、獅子倉のことを頼むな〟

〝イエス。ボス〟

（え!?　スミスさん）

俺は、鷹崎部長からの話に安堵しつつも、ひょんなことからカンザス支社長の苗字を知ることになった。

見た目がカーネルサンダースな支社長は、スミスさんだった!

これって、佐藤さんと同じくらい、米国でよくある苗字だ。

(そうだったのか!!)


こうして俺は、鷹崎部長から話を聞き終えた。

そして、今回の件やカーンザ研究のことが社内で話題になっていなかったのは、カンザス支社の話だから――というのもあるが。実際、まだ一社員が発案し、手がけているだけのプロジェクト域を抜けていなかったからだろうということにも、見当がついた。

それは例に出された〝雪ノ穂〟や〝97企画〟からも窺える。

国産有機小麦、三郷有機の〝雪ノ穂〟は、まだ品種改良の段階から獅子倉部長が北海道へ、社長さんのところへ通い詰めて、我が社で流通できるように権利を勝ち取った、今では最高ブランドの目玉商品だ。

そして〝97企画〟は、他部署に散る同期が一丸となり、その年代ごとの新ブランド商品を開発していこうという基本企画を、本社時代の鷹崎部長が作った。それを境さんが引き継ぎ、俺たち入社97期で我が社の創立百周年を機にスタートすることになった。

しかし、どちらも社内で話が広がり、俺のような一般社員の耳にまで届くレベルになるまで育つには、かなり時間がかかっている。

そこから更に株主や世間に知られるとなったら、ある程度商品化の目処(めど)が立ってからになるだろうしね。

とはいえ――。

「それで、こちらでは鷹崎部長や境さんまで徹夜で。でも、そんなすぐに代わりって、見つかるんですか？　仕入れの補充はともかく、カーンザに関しては、一緒に開発研究をしてくれるパートナーの農場を探すってことですよね？　簡単ではないですよね？」

俺は、すっかり冷えてしまったコーヒーを飲みながら、どういう状態で獅子倉部長が向こうを発ったのかが、気になった。

境さんの言葉をそのまま受け取るなら、すでに代わりの農場が見つかったのかなって思わせるが、さすがにそこまでいくには短時間すぎるからだ。

「いや、それが灯台下暗しというか。俺たちも、躍起になって新規契約の交渉に当たれるような農場捜しや、検討をしていたんだが……。昨日の昼過ぎか？　ツァオミリングの合併話を聞きつけたスミス氏が、獅子倉のところまで来て名乗りを上げてくれたんだよ」

すると、鷹崎部長から思いがけない返事が返ってきた。

「え？　スミス――さんですか？」

「あ、すまない。こっちのスミス氏は、例のモー子たちのオーナーだ。彼は州内でも一、二を争うオーナーで、農業と酪農をしている。当然、うちの契約農場の中でも、主軸の一社で。獅子倉が言うには、そのスミス氏の紹介もあって、今回亡くなった先代との契約に至った経緯があったらしいんだ」

――違った！

あまりに想定外の話に、俺は手にしたコーヒーカップを落としかけた。

しかも、これには鷹崎部長も半信半疑？　狐につままれたような感覚なのかな？

早々に解決して良かった、助かったという気持ちに間違いはないのだろうが、諸手を挙げて喜んでいる顔には見えなかった。

でも、それはそうだろう。こういうのが〝縁〟なんだろうが、それにしたって不思議な気持ちだ。俺からしたら、竜巻で飛んできたモー子ちゃんのお母さん牛ほど、このオーナーさんもどこから急に⁉　ってなるからだ。

しかも、複数の佐藤さんならぬ、複数スミスさん！

「ここに来て、モー子ちゃんとモー美ちゃんのオーナーさんですか。しかも、酪農だけでなく、そんな大きな農場主さんだったなんて」

俺は、滑らせかけたコーヒーカップを、いったんテーブルへ置いた。

静かに深呼吸をしながら、先日見たばかりのモー美ちゃんと獅子倉部長のツーショット写真を思い起こす。

鷹崎部長は、空にしたカップにコーヒーのお代わりを注いでいた。

ときおり時間を気にしているのが、視線や仕草でわかる。

「――ああ。亡くなった先代とは昔からの仲だったようで――。そうでなくてもガックリきていたところへ、今回の交代後の合併話だ。完全に、先代の意に反した行動を取られたことで腹立たしいやら、獅子倉には申し訳ないやらで、自分にできることがあればと申し出てくれたそうだ。なので、農場探しの相談を切り出したら、〝うちが引き受ける〟〝あいつの夢は俺が引き継ぐ〟と言ってくれて――。正直、獅子倉も驚いて、すぐに御礼が出てこなかったそうだ」

聞けば、こちらのスミスさんもとても熱量のある方のようだ。

おそらく獅子倉部長なら、そういう気性の方だと、すでにわかっていたはずだ。

それでもすぐには反応できなかったというなら、スミスさんからの申し出には、一瞬とはいえ喜びよりも〝そんな都合のいい話があるのか？〟みたいな驚きが勝ったのだろう。

でも、スミスさんの立場からしたら、迷いはなかったんだろうな。

亡くなられた先代さんにとって、それほど獅子倉部長との仕事はやり甲斐があった。

きっと誰よりそのことを、スミスさん自身も実感してきたのだろうから——。

「それで、灯台下暗しなんですね。でも、そうですよね。すでに主軸になるだけの契約をしてもらっているのに、そこへ更に追加でって、普通は考えないですものね。そもそも、それができるなら、最初から他社への仲介もないでしょうし」

俺は、そんな返事をしながら、再びコーヒーカップを持ち上げた。

これを飲み終えたところで、そろそろ出勤の支度かな？

朝からとても濃い話をしてもらった。

それでいて気がかりをなくしてもらい、鷹崎部長には感謝しかない。

「そうだろうな。獅子倉が言うには、そもそも研究方面があるので、友人のほうが向いているだろうという推しもあったようだし。ただ、こうなるとスミス氏が支社長化して大変なようだ。今日まで築いてきた日本企業とカンザス農場の信頼にヒビを入れるような真似をしてた。ツァオミリングに寝返った新代表にその自覚はないだろうが、顔に泥を塗られたと、立腹だったらしいから」

「それは……。獅子倉部長もこれから大変ですね。せめて、こちらに来ている間は、リフレッシュしてもらわないと。あ、片付けますね」

俺は、話を続けながら、空にしたカップを手に席を立つ。

「でも、〝雪ノ穂〟のときにも思いましたが、獅子倉部長は農家さんから仕入れるだけでなく、常にその何歩も先にいる方なんですね。農家さんへの寄り添い方もすごいなって思いますけど――。国内だけでなく、海外に出ても方針が一貫しているというか、なんというか。しかも、見ている先が、俺なんかには想像もできないところで……」

「あいつは直接畑に出向いて、農場主と一緒になって土や水に触れるからな。そうして細やかでも、苦楽を共にすることで、仕入れ先との太いパイプを作ってきた」

鷹崎部長も、お代わりした分を急いで飲んだようで、空のカップを手にキッチンへ入ってくる。

そして、俺の隣へ立つと――。

「ただ、それだけに気候変動の影響か、以前にも増した被害に苦しむ取引先も見ている。そしてそれは我が社どころか、世界中の食糧難に影響することだ。だから、少しでも丈夫な穀物を探して、商品化できるようにっていう――もう、俺とは目線が次元違いの男だ。新しい視点での話を聞く度に、驚かされるのと同じくらい嫉妬が起こる。が、それらを上回る尊敬の念があるから、俺にできることは何でもしようって思える」

鷹崎部長はカップを洗いながら、複雑な胸の内を明かしてくれた。

俺からしたら、きっと獅子倉部長だって似たようなことを考えながら、鷹崎部長を見ているんじゃないかな？　って気がするのに。

「そうですね。俺も、話を聞いているだけで、自分も何か協力できたら。むしろ、できることを身に着けたいって気になります」

俺は、洗い終えたカップや食器を拭きながら、鷹崎部長に身を寄せた。

彼の腕にちょっとだけもたれかかりながら、ニコリと笑ってその横顔を見上げる。

「けど、それは鷹崎部長に対しても同じです。私情を含めるなら、より鷹崎部長の力になれる部下になりたいって思いますけどね」

「――寧」

そうして大好きな人の顔が、直ぐにでも明るくなるのを待った。

ニコリと笑い返してくれたあとにはきっとその唇が、俺のそれに優しく降りてくるはずだから――。

7

その日、鷹崎部長の愛車で出勤した俺たちは、いつも通り朝コーヒーで合流するところから、一日のスタートを切った。

どこから誰が流したのか、昼にはカンザスでの出来事——ツァオミリングに取引先を取られた！　けど、もっといい相手をＧＥＴ（ゲット）したようだ！　やった!!　みたいなこと——が、話題となって、広がっている。

ただ、カーンザのことは「カ」の字も出ていなかったので、この辺は境さんあたりが意図的に、いい話だけを流したのかな？

いずれにしても、何事もなく仕事を終えると、俺は一足先に自宅へ帰った。

鷹崎部長は昨日の欠勤分を埋めるべく残業をしてから、同じく残業をしていた境さんを同乗して、こちらへ来た。

小菅さんの件があったからかどうかはわからないが、境さんがやたらと車中からメールを寄こすのが、俺にはなんとも——だった。

ようは、鷹崎部長の愛車の後部席には、普段からチャイルドシートとペットケージがセットされている。

そのため、誰かを乗せるときは必然的に助手席になるんだが、それを気にして、「たまたま帰る方向が一緒だったから、乗せてもらっただけだ」「何でもないって証拠に、鷹崎部長の運転っぷりをメール中継してやるからさ」と、ひっきりなしに写真付きメールを送ってきたんだ。

だったら別に、「帰路で今回の徹夜をねぎらい合った」でも「鷹崎部長が親切だ」でも構わないのに——。

しかも、鷹崎部長に対しては、

「あ、そうだ。小菅問題は無事に片付きました。俺がしっかり見届けましたし、婚約解消したからって、凹んで甘えるなら兎田以外にしておけよとも釘を刺しておきましたから。間違っても、兎田の天然と世話好きをいいように勘違いするなよって」

などと、話しまくっていたらしい。

よくわからないけど、言われた小菅さんも災難だ。

さぞ、傷心に塩を塗られたことだろう。

ただ、せっかく厚意で「送るぞ」って声をかけた境さんに、横から写真を撮られたり、ワーワーされたりしたためか、鷹崎部長も少しだけキレたらしい。

「うるさい。運転の邪魔だ。そもそも、これを機に小菅が兎田に惚れたところで、兎田は俺しか見ていない。なんの心配もないから、人の恋路を気にする余裕があるなら、どこでもいいから、今のうちに普通の無料クレジットカードを一枚くらい作っとけ。もしくは一万くらいのキャッシュは持っとけ。いい大人なんだから」

「は？　クレジッ……!!　生まれたときからブラックカードしか持っていなくて、すみませんでしたね！」

その結果、境さんは「新しい恋でもしろ」と言われてもどうかと思うのに、「普通のカードを作れ」と言われて、キーキーする羽目になったらしい。

そりゃあまさかここで、先日、自分が支払うつもりでオーダーしたステーキセット代金の余分を、俺の割引券や鷲塚さんの現金で支払われたことを指摘されるとは、思わなかったんだろう。

俺でさえ鷹崎部長に「そこですか?」「今、突っ込みます?」って言ってしまいたくなったくらいだ。

しかも、そこでムキになった境さんは、言われるままスマートフォンで新規のカード申

し込みをしたらしく、

「え!? これってコンシェルジュどころか、空港ラウンジ特典さえないんですか!? 海外保険は？ 限度額は――、は？」

真顔で動揺したみたいで、鷹崎部長はかえって笑いが止まらなくなって困ったようだ。

そんな状態で運転しているほうが、危ないだろうに！

それでも境さんを自宅マンションまで送った鷹崎部長は、二十三時過ぎには帰宅した。

俺は、帰宅早々これらの話を聞いて、今にも声を出して笑いそうになった。


「それにしても……やけに静かだな。明日は早いし、もうみんな寝たのか？」

今夜は俺が玄関まで出迎えるも、ちびっ子たちやわんにゃんたちのお迎えはなし。

それどころか、人の気配そのものを感じなかったためか、鷹崎部長は俺の和室へ行く間も、階段の踊り場を見上げるような仕草を見せていた。

「今日は、昼過ぎに祖父母が来たので、きららちゃんや父さんは、お隣で明日のお弁当の準備をしていたんです。その流れで、夕飯もみんな揃って向こうで済ませて、運動会の前夜祭みたいなことになってしまって。もう、そのまま就寝(しゅうしん)に」

俺は鷹崎部長が和室へ入ると、鞄を預かり、スーツの上着を預かった。

代わりにパジャマなどの着替えやバスタオルを準備する。

「そうか。それは、お祖父さんたちも嬉しいだろうな。けど、向こうのペットたちは？」

話をしながらネクタイを抜き取る鷹崎部長は、今夜も超絶カッコイイ！

眠さで充功みたいになっている鷹崎部長もいいけど、やっぱりカッコイイなと感動するのは、こうした瞬間や仕事姿だ。

「実は、車で来たので、一緒です。今回ばかりは、ペットホテルに預けるつもりが、おばあちゃんたちから、エリザベスたちとも仲良しだし大丈夫よ！　なんなら、エリザベスが全部面倒を見るし。それに、今回ペットたちに遠出を覚えさせたら、これからも気兼ねなく遊びに来られるわよ――って言われて、その気になってしまったようで」

――と、俺の話に驚いたのか、鷹崎部長の手が止まる。

おそらく、現在の隣家が先日の鎌倉の実家状態になっていることを想像したんだろう。

それでも人間が増えるだけなら、いつもとそう変わらない。吹き出すまでに変な間もなかっただろうが、今夜はドーベルくんにネコ五匹まで一緒だ。

誰だってまず驚くよね。

「すみません。先が思いやられますよね。かといって、どうぞどうぞって誘っているのが、お隣のおじいちゃん、おばあちゃんなので、家のものは誰一人〝さすがに、それは……〟とも言えなくて」

「まあ、ここまで来たら、一人二人増えても、どうってことない、になるんだろう」

それでも、父さんや年長組が、ちびっ子たちと一緒になって「わーいわーい」とやったわけではないことだけは、言い訳しておきたかった。が、鷹崎部長の笑いが、普段より一歩遅れて、じわじわと来ているのが、表情から窺える。

しかも、ここにトドメを刺したかったわけではないが、俺にはまだ報告することが残っていて――。

「あと、言い忘れましたが、さっき鷲塚さんから連絡があって、家守社長ご夫婦も一緒に獅子倉部長を迎えに行きがてら、こちらに来るそうです。子供の運動会なんて久しぶりってことで、もし保護者以外でも見学できるならって聞かれたので、父さんがいいですよ――って。どの子供の関係者が何人来るのか申告するんですけど、そこは役員もやっているので、当日申告もできるし……」

更に人が増えることを説明するうちに、鷹崎部長が膝を折って震えだした。

いろんな意味で、笑いのキャパを超えたんだろう。

でも！　それがわかっていて尚、俺はどうしても鷹崎部長と心情を共にしたいことが、まだあった。

「でも、家守社長たちのことは、鷲塚さんが迎えに出るぞってときに決まったらしいので、多分――獅子倉部長には連絡してないと思うんですよね。俺が勝手にメールするのも変かなと思って。だから、今頃獅子倉部長――」

そう言っている間にも、俺や鷹崎部長のスマートフォンが震えた。

多分、獅子倉部長なんじゃないかなって気がして、俺はさっと鷹崎部長が取り出したそれを一緒に覗かせてもらった。

すると、

〝どういうことだ！　いくらなんでも、この時間だ。鷲塚の両親が一緒なら、先に行けって言ったのに！　今夜はタクシーを使ったのに！　誰か一人ぐらい、メールで知らせてくれたっていいだろう。こんなの、普段から部下をパシリにしてる上司だと思われる！　我が社のコンプライアンスを問われるだろうが！〟

俺の想像を遥かに超えて、激しく動揺する獅子倉部長が八つ当たりをしてきた。

この様子だと、それこそ車に乗り込むまで知らされていなくて、

〝ナイト～。久しぶり～！〟

とかって言ったところで、家守社長夫妻に「こんばんは」「いつも息子がお世話になっ

てます」とかって、パターンかな？

もしくは「長旅お疲れ様です」「いつぞやは、スカイプ越しにどうも～」とかって感じ？

いずれにしても、笑顔を硬直させている姿しか浮かばない。

「何がコンプライアンスだ。ここでそれを言うなら、時差度外視で電話してくるのを、まずやめろ。支社長の罵声に対して、注意をしろよ」

それでも、笑いうずくまっていた鷹崎部長からすると、獅子倉部長のこれは、単なる甘えにしか取れないようで、どさくさに紛れて日頃の愚痴を返信していた。

こういうところは、同期親友ならではの距離感や対応なんだろう。

俺には絶対にしない態度だ。

ほんのちょっとだけ妬ける！

「本当に、しょうがない奴だな。でも、笑いが絶えないのは幸せなことだな」

鷹崎部長は、好き放題書いて返信したのか、そう言って俺に微笑んだときには、スッと立ち上がっていた。

なので、俺は――。

「そういうことにしておきましょう。あ、このままお風呂へどうぞ」

いろいろ含めて、自分で発した言葉どうりってことにした。

「ありがとう」

鷹崎部長に、改めて着替えとタオルを渡して、お風呂場のほうへ促した。

そして獅子倉部長には、なんて返していいのかわからなかったので、とりあえず「ファイトです！」とだけ打って送っておいた。

＊＊＊

翌朝、土曜日——待ちに待った運動会初日。

「行ってきま～す」

「行ってらっしゃい。気をつけてね」

「寧こそ、一家大移動で迷子を出すなよ！」

「了解！」

充功は俺たちより一足先に学校へ向かった。

幼稚園や小学校に比べると、見学に来る保護者も減るが、それでもうちみたいに家族総出で応援に行く家庭もあるから、それなりに盛況だ。

とはいえ、今回は大家族を地で行く我が家でも、過去最高の参加人数だ。

きっと思春期真っ盛りの男子なら、「恥ずかしいから来るなよ！」って言っても責められないが、充功はこうした行事ごとには寛大だ。

そもそも自分も兄弟の運動会ではカメラマンとして張り切るから、羞恥心自体を感じないのかもしれない。

逆に、燃えるくらいだしね！

あとは、そういう充功をからかう子がいないから、嫌な思いもしない。

そこは充功自身やお友達が小学校時代から努力をして、いじめに繋がるような芽は徹底的に摘み取ってきた結果でもある。

おかげで希望ヶ丘中学校、小学校は、この辺りの学校の中では一番人気だ。

市内なら学校選択制を使えるし、バスで通って来る子たちもいる。

つい先日も、保護者会で学校へ行ったときに、隣の町内から通っている子たちに会った。

やっぱり安心して学校に通える、クラスに自分の居場所があるっていうのが、精神的に落ち着けるんだろう。とても楽しい中学生活を送っているのが、伝わってきた。

もちろん、まったく問題が起こらない年や学年なんて、ないに等しい。

少なくとも俺が知る限り、毎年何かしらのトラブルは起こる。

でも、集団生活をしていれば大人子供に関係なく、誰かしら何かをやらかすし、巻き込むことも巻き込まれることもあるのは普通のことだろう。

それに、大切なのは何事からも目を逸らさずに、みんなで協力し合って早急に解決すること。こうしたことを学ぶのも、最初に向き合う小さな集団社会だと思うからね――。

（中学最後の運動会か。充功も大きくなったよな。今からこんなに感動するんじゃ、士郎や樹季、武蔵やきららちゃん、七生が義務教育を終わる頃には、自分がどんなふうに今日みたいな日を迎えるのか想像が付かないや。一家総出で見に行くぞ！　ってなるのは、間違いないんだろうけど）

俺は、今朝は玄関の前まで出て、充功や迎えに来たお友達の後ろ姿が見えなくなるまで、見送ってしまった。

感慨深いものだ。

（さて、準備だ準備！　あとは、今日の役員仕事のことも聞かなきゃ。せっかくお祖父ちゃんたちも来たんだから、父さんばかりにさせられない！　むしろ、全部俺が引き受けるくらいの気持ちでいかないとな！）

見送りに満足すると、俺は中へ入って出かける支度に取りかかった。

キッチンでは、明け方には戻ってきた父さんと双葉がいて、お弁当の主食だけを準備中だ。

朝ご飯はお隣でお祖母ちゃんたちが用意してくれることになっている。

「それにしてもすごいよね、寧兄。こんなに楽なお弁当準備って、初めてじゃない？　主食作りこそ大量だけど、具材は全部出来上がっているし。なんだか、惣菜屋さんでバイトしてる気分だよ」

「確かにね！」

大量のお弁当のおかずは、昨日のうちにお祖母ちゃんたちが作ってくれている。

何せ二日続けて運動会なので、今日の分は主食を仕上げる以外のものが完璧に用意されており、明日の分は下処理済みだ。

主食も今日は海苔巻きと五目稲荷と焼きそばで、明日が三色おにぎりとサンドイッチとナポリタン。なんでもきららちゃんが前もって、ちびっ子たちから希望を聞いて、それを元におばあちゃんたちと献立を作ったそうだ。

これには父さんもノータッチだったらしく、知ったときには驚きと感心で大興奮！

俺に説明してくれたときなんか、

「打ち出の小槌だって、振らなきゃ何も出てこないのに、気がついたら出来上がってるってすごいよね！　リアルで〝小人の靴屋さん〟を見た気分だった」

――なんて、真顔で言っていたほどだ。

「寧。双葉。そろそろ樹季たちが起きてくる時間だよ」

「はい。父さん」

「そしたら俺、鷲塚さんたちを呼んでくるね～」

「ありがとう。双葉」

ちなみに、あれから到着した鷲塚さん一家と獅子倉部長は、到着の顔合わせだけを済ませたのちに、二手に分かれた。

獅子倉部長と鷲塚さんとナイトは俺と鷹崎部長しかいなかった我が家の二階で、家守ご夫婦はトレーラーハウスで就寝だ。鷲塚さんのお母さんもいたので、変に気を遣わせてしまっては申し訳ないし、無理にこちらへ誘うことはしなかったのもある。

――と、二階からは双葉と鷹崎部長たちが降りてきた。

俺がリビングのカーテンと掃き出し窓の鍵を開けたところへ、丁度士郎や樹季たちも庭を通って「おはよう！」だ。

士郎たちはウッドデッキでサンダルを脱ぐと、順番に靴箱へしまって中へ入る。

「あ、獅子倉さん」

「わ！　獅子倉さんだ！　獅子倉さんがいる！」

こうなることは予測できていたが、第一声は士郎と樹季だった。

「本当だ、獅子倉さん！　飛行機、ちゃんと飛んでよかった！」

「七くん、獅子倉さんいるよ。来たよ。よかったね！」

「ひゃ〜っ！　しーしー！　しーしーっ!!」

士郎が見守る中、四人が歓喜の声を上げて、獅子倉部長へ駆け寄っていく。

特に七生は両手を掲げて、全身で「抱っこ！」をアピール。

これには鷲塚さんに甘えきって抱っこされていたナイトも驚きだ。

鷲塚さん——冗談抜きで、ナイトも大きくなって重たいだろうに。

こういうのも育児と一緒で、抱く側も慣れてくるのかな？

確かに俺でも、七生と武蔵を両脇に抱えて走るくらいは、まだできるから。

「みんな〜っ！　七生くーんっ！　しーしー、間に合ったよ。お仕事頑張ったんだよ！

もう、もう、もう〜っっっ」

それにしたって、全身全霊で喜んでちびっ子たちを抱き留める獅子倉部長は、この姿だけで俺を幸せな気持ちにしてくれた。

連日緊張していただろう鷹崎部長も、ホッとした顔を見せる。

「わ！　獅子倉さんがモー子ちゃんたちみたいになってる！」

「樹季くん」

「きゃっはははっ！　しーしー、くったいよ～っ」

「七生くん」

「獅子倉さん。遠くから俺たちの運動会に来てくれて、ありがとう！」

「武蔵くん」

「きららも、わ～い！」

「きらら～っ。ううううっ。ありがとう～っ」

ここまで来るのに、一山も二山もあっただけに、獅子倉部長も感極まった様子だ。

「もはや、七生の目的は達成だよな」

双葉が今にも吹き出しそうになりながら、俺に小声で言ってくる。

「うん。この分だと、獅子倉さんはこの休みの間に、何回〝えーんえーん〟させられるんだろうね。普段より大分涙もろくなっていそうだし」

「確かにね」

俺たちの話を側で聞いていたのか、士郎や鷹崎部長、鷲塚さんも揃って頷く。

こうして俺たちは、今朝は忙しいとわかっていながら、少しちびっ子たちとイチャイチャしている獅子倉部長を眺めてしまった。

これればかりは父さんも何も言わず、一緒に楽しんでいるのだった。

お弁当用の主食分だけで大人二十人前は軽く用意したところで、俺たちはお隣に集合して、朝ご飯をいただいた。

この時点で、父さんは役員仕事のために、一足先に学校へ向かう。

俺も免許を取ったし、これまでなら自転車で行くところだが、鷲塚さんが車で送ってくれて、父さんも嬉しそうだ。

ここで鷹崎部長が名乗りを上げなかったのは、獅子倉部長に気を遣ったのかな？

鷲塚さんの車なら、漏れなくナイトも「一緒にいく！」で、実際に父さんの膝に抱っこされる形で、付いていったしね。

あとは、獅子倉部長も免許は持っているけど、保険のこともあるから車を借りて送って――はできないし。そもそも鷲塚さんや鷹崎部長ほど、この辺りの道を知らないから、ここはグッと我慢だったのかも。

何より、今朝から膝の上には代わる代わるちびっ子たちが座っている。

そこへエイトやエンジェルちゃん、順番待ちのようにドーベルくんたちも乗ってくるから、たとえ道案内付きの自転車でも、父さんを送って行くのは無理なんだけどね！

それにしたって、今朝の獅子倉部長は、過去最高に見ていて和む存在だ。

（おかずまで合わせたら、三十人分はありそう。これなら駐車場の御礼を渡しても、充功のお友達にも分けられそうだ）

そしてその後、エリザベスたちとドーベルくんたちには、隣家でお留守番をしてもらって出発だ。

うちと鷲塚さんが車を出して、大量のお弁当にお祖父ちゃんお祖母ちゃん、そして弟たちときららちゃんに鷹崎部長を中学校まで送り、その場は双葉に任せる。

でもって、二度目はうちの車で、鷲塚さんとご両親、おじいちゃんおばあちゃんだ。

鷲塚さんのお母さんなんて、この時点で「朝からこんなに賑やかな運動会は初めてよ！」と、大喜びしてくれた。

その後は中学から徒歩一分内に住む双葉の友人・如月さん宅の駐車場に車を置かせてもらい、挨拶だ。

「本当にありがとうございます！　助かります。これ、少しですけどお弁当です。よかったらご家族で」

駐車場を貸してくださるお宅への御礼が、お弁当のお裾分けなのは、もはや恒例だ。

そしてここの息子さんは、高校こそ別だけど、中学時代は双葉の生徒会役員仲間で、地元で何かあれば必ず声を掛け合うような友達の一人だ。

この時期になると、双葉に「今年も駐車に来るのを待ってるからな～！」ってメールをくれて。そのたびに、双葉と一緒に「なんて律儀な！」「有り難い！」って話しながら、こうしてお言葉に甘えている。

「毎年、わざわざありがとう。申し訳ないわって思うんだけど、兎田くんたちと同じお弁当を食べられるのが楽しみで――。あ、これは弟くんたちに」

しかも、これじゃあ御礼にならないよってくらい、ちびっ子向けのお菓子を返してくれて――、なのにしっかり受け取る俺！

「ありがとうございます。こちらこそ、毎年本当にすみません。そう言っていただけると嬉しいです。今回は祖母たちも来ていて、張り切って一緒に作ってくれたので」

「まあ、素敵。あ！　それはそうと。今年は役員さんなんでしょう。運動会以外でも、来ることが多いでしょうし。駐めるところがないときには、遠慮無く家を使ってちょうだいね。それだって、七生くんが今年二歳ってことは、あと十三年？　あっと言う間のことなんだからね」

「はい。では、また帰りに」

「いってらっしゃ～い！」

本当に家族揃って親切で優しい御家庭だ。

ちなみに、小学校側には充功の友人宅があり、幼稚園側には士郎と樹季の友人宅があるが、半日も車を置かせてもらえるのはとても助かる。

どこへ行くにもそこそこの距離があるし、特に今回みたいに二往復なんてときにはね！

（さてと。双葉たちは、上手く場所取りできたかな？）

そうして挨拶を済ませた俺は、学校へ走って、正門からグラウンドへ向かった。

ほどよく田舎で便利なベッドタウンということもあり、小学校も広いが中学校は更に広い。そして、地形的にも似ている場所に作られているので、少し高台に校舎が、その下にグラウンドが広がる形になっている。

（あれ？　なんか、いつもより見学者が多くないか？）

――と、ここで俺は、なんとなく周囲が気になり、立ち止まった。

例年に比べて、中・高生から小学生くらいの子たちが多いように感じたからだ。

（生徒のきょうだい？　まあ、閑散（かんさん）としているよりはいいのかな）

しかし、盛り上がりに欠けるよりはいいよな！　と、自分なりに納得。

「あ、寧兄。こっち！」

「双葉！」

丁度呼ばれたのもあり、すぐに周囲の子供たちのことは気にならなくなった。

視線の先には双葉と鷹崎部長、獅子倉部長と鷲塚さんがいて、みんな何かしらの撮影機材を持っている。本日のカメラマン担当だ。

それにしたって、この長身イケメン三人衆は目立ちすぎだ。

本人たちは気付いていないのか、慣れているのか、周りのお母さんたちどころかお父さんたちまでガン見って！

でも、鷹崎部長ときららちゃんが越してきたら、常にこうだよな？

気がついたら境さんまで交じって四人衆とかってなってないだけ、まだ平和？

俺もあまり周りの目を意識しないようにしなきゃ。

「他のみんなは？」

俺は呼吸を整えてから、双葉に聞く。

「聞いてよ、寧兄！　如月が朝一から並んで、校舎側の傾斜面、それも木陰に場所取りしてくれてた！　だから、今はそこに待機してもらってる」

これは吉報だ！

校舎のある場所とグラウンドの高低差は五、六メートルあるんだが、階段以外は芝生の傾斜面になっている。運動会を見るなら絶景のポイントだからだ。

「え！　それって正面から全体を見下ろせるし、ＶＩＰ席じゃない。如月くん、そういえばお母さんしか出てこないなって思ったら、場所取りしてくれてたんだ！」

「俺もビックリした。けど、充功の演舞の話が伝わってて、自分も録画したかったし。何より、次は士郎が上がってくるまで間が空くから、ちびっ子まみれで楽しみたかったって言ってた。そういや、あいつも一人っ子だった」

「そうなんだ。でも、今回はお祖母ちゃんたちもいるし、その席は有り難いね！　改めて御礼をしないと」

「本当にね。けど、七生たちも大喜びで、きららちゃんがお茶出しとかしてくれていたから、如月的には過去最高の待遇だって喜んでたよ。全体的には、士郎とお祖父ちゃんが見てくれているから、俺たちが撮影に、寧兄や父さんが役員で走り回っても安心だと思う」

なるほど！

こういうときに士郎だけでなく、元校長先生だったお祖父ちゃんにお願いってところが、的を射てるな。

これほど学校行事に詳しい人は、そうそういないもんね！

「確かに！　それは安心だね。これだけ大人の手があると、こんなに助かるんだね」

「だよね。あ、さっき隼坂とお父さんも来たから、もしちびっ子たちがもっと近くで見たいって言っても、マンツーマンで対応できると思う。撮影も手伝ってくれるって言って、カメラも持参してくれたから」

しかし、浮かれる双葉の話は終わらなかった。

俺は驚いて聞き直す。

「え!? 隼坂部長まで!? 隼坂くんは、勉強の予定は大丈夫なの?」

「部長さんのほうは、もともと父さんからも話を聞いていたみたいだよ。でもって、隼坂のほうは、明後日(あさって)からの学習で取り返すって。家にいても気になって集中できないのは、去年の小学校の運動会でも経験済みだからって言ってた」

「ってことは、明日の幼稚園も見学? 親子で来てくれるなんて、武蔵と七生はますます大興奮だね」

そう言えば、先日父さんが都内へ出向いたときに、偶然会った隼坂部長を乗せて帰宅した——なんてことがあったから、そのときにでも話題に出たのかな?

隼坂くんのほうは、絶対に双葉が「めちゃくちゃ楽しみ～」とかって、無自覚のまま自慢して、その気にさせちゃったんだろうけどね。

「だよね! あ、それと昨夜充功と士郎のところに、本郷さんたちから参加の問い合わせメールが届いてたんだけど、寧兄は聞いてる?」

しかし、更に続いた話に、俺は「え？」って、なんとも言えない声が出た。

これには鷹崎部長たちも、揃って両目を見開く。

「それは、聞いてない。でも、本郷さんたちから士郎宛てってことは、本郷常務も一緒ってこと？」

「そう。なんか、充功が本郷さんに事前情報をバンバン送ってたから、それなら見に行きたいな〜ってことになったのかも。詳しい経緯はわからないけど、充功が〝大丈夫じゃね〟って返事を返していたから、来られるんだと思う」

「そうなんだ」

（うわっ！　事前情報って、充功もか！　多分、双葉と一緒で、絶対に無自覚のまま見応えや、楽しみをモリモリで話したんだろうな――。特に、幼稚園と保育園は何をしてても可愛いもんな〜。ましてや、七生は運動会デビューだし）

なんだかすごいことになってきた。

隼坂くんまでなら頭にあったが、そのお父さんに本郷常務に甥っ子さんは、考えていなかった。

けど、人が増えれば増えるだけ、大喜びでテンションが爆上がりしていく弟たちの姿なら目に浮かぶ。

久しぶりに「ほんちゃっちゃ〜っ」って呼ばれて、デレてしまう本郷常務の姿まで！

「ここへ来て増えに増えたな」

鷹崎部長も、俺と同じことを想像したのかな？

肩が震え始めたところを見ると、驚きを通り越して笑いに転じ始めた。

こういうところが、我が家と波長が合うんだろうけど！

「ぷっ」

（え!?）

しかも、ここで鷲塚さんが吹き出した！

鷹崎部長でさえ、まだ堪えていると思うのに。

「考えたら、俺やナイトたちと一緒に、サンタコスプレまでした方たちですからね！　充功くんと武蔵くん、七生くんの晴れ舞台って聞いたら、そりゃあ駆け付けますよ。だって、別に都心から都下へ来るくらい、カンザスに比べたら、なんてことないですから。ねえ、獅子倉部長」

「そりゃそうだ。何せ、うちの支社長だって、いつか七生くんのお尻フリフリや兄弟絡みを直接見てみたい。日本に行きたいって言ってたくらいだからな」

獅子倉部長なんて、自慢げに胸を張っている。

ここで双葉が限界だったのか、笑い出す。

（けど、スミス支社長まで七生のお尻フリフリって。虎谷専務のカメたんたんじゃあるまいし――って、大差ないか）

こうなると、周りに大らかな人が多すぎるのか、すべてが七生たちの魅力なのか、よくわからなくなってくる。

でも、みんなが楽しく我が家のちびっ子たちに愛着を持って、話題にしてくれているなら、これはこれで有り難いことなんだろう。

「そうか。けど、そうしたらこの土日は、行き当たりばったりなことも増えてくるよね」

「そうだね。俺も備えておくよ」

「あ、双葉。俺は父さんのところへ行ってくる。あと、今日は一日役員仕事になるだろうから、あとのことは頼むね！　それと、これ。如月くんのお母さんから」

俺は持っていたお菓子の袋と一緒に、あとのことを双葉に頼んだ。

「もろもろ了解！　如月にも見せて、礼も言っておく」

双葉は「任せとけ」とばかりに袋を受け取り、立ち去る俺を見送ってくれた。

鷹崎部長や鷲塚さん、獅子倉部長と共に――。

そこから俺は、役員スタッフ用のテントに向かい、先に来ていた父さんを見つけた。

「交代？　いいよ。寧のほうこそ、みんなと一緒にいなよ」

「それはそれで、これはこれだよ。お昼は一緒に食べるんだし、何より明日もあるから、ここは分担しないと」

「あ、そうか。そうしたら今日のほうを頼むね」

父さんにはみんなのところへ行ってもらい、俺はその場に残って、振り分けられた仕事を確認してから持ち場へ向かう。

今日は一日入場ゲートのところで、子供たちの待機指示や誘導をメインに雑務をこなす。中には体調不良になっても、言い出せない子がいたりするから、そういう子を見つけたら、率先して声かけもだ。

そして、父さんにはああ言ったが、俺は明日も一日役員仕事をするつもりだ。

何せ、秋からはきららちゃんが入園予定だし、保護者同士の繋がりは、これまで以上に頑丈にしておきたい。両親がこれまでに積み上げてきた実績はあるけど、そこに俺自身が少しでも余分に！　って気持ちが大きいからね。

（あ。大翔(ひろと)くん）

――と、ここで俺は武蔵の同級生一家――富山さん親子を見つけた。

（確か同じ学区内に会社の方がいるって聞いたから、応援見学に来たのかな）

富山さん親子は、現在問題を抱えているご家庭で、希望ヶ丘には旦那さんの栄転で越してきた。それも住まいは充功のクラスメイトの家の隣だ。

しかし、都心で働くことがステイタスらしい旦那さん的には、栄転であっても都落ちに感じるらしく、ここへ来てから人が変わったようにイライラしている。

しかも、こちらの会社では同世代やそれ以上かには嫉妬の対象に、若い人からは尊敬の対象になっているみたいで、会社での立場や気持ちも落ち着くまでに時間がかかりそうなのかな？　という状況だ。

だからといって、奥さんが病んでしまいそうなほど、モラハラ的な八つ当たりをしていいことにはならない。これに関しては、園の保護者会で、聞き上手なママさんたちが親身になってくれたことで、奥さんが吐き出した。

その場に父さんもいたから、俺たちも詳しいんだけど――。

（大翔くんには、なんでも一番になれ、なれなかったらお前の教育が悪いんだって奥さんに怒る旦那さんか――。明日は、どうなるんだろう？　それに、士郎は大翔くんのお父さんを、どうやって以前のお父さんに戻すつもりなんだろう？　鷹崎部長たちに協力しても

らうみたいなことを言っていたけど……。全然想像が付かないや）

そんなことを気にしながら、所定の場所へ着くと、運動会の開会式が始まる。

裏庭に待機していた子供たちが順番に、そして元気よくグラウンドに走って行く。

中には「あ！　寧さんだ」「充功のお兄さんだ！」なんて言って、挨拶をしてくれる子達もいた。

俺はこれだけで、スイッチが入った。

開会式も、先生たちが「挨拶や長話で子供の体力は奪えない」を徹しているので、さっさと済ませるし、早い早い！

すぐに恒例の音楽が流れて、競技に入っていく。

最初は全校生徒による一〇〇メートル走だ。

（あ、ここは特等席だ。かなり近くで競技が見られる！）

ここの中学校は、全学年五クラスあるので、運動会は一組から五組までに別れるクラス対抗戦だ。

小学校などの運動会と目立って違うところは、全校生徒参加という種目が七割くらいになるところ。必然的に一種目にかかる時間が長めで、種目数が限られる。

そして、残りの三割が各学年ごとに違う種目になるんだけど、それで今年の三年生は集団演舞のソーラン節になった。

――と、俺はこの瞬間まで思っていた。

〝次は三年生による仮装パーティーリレーです。こちらの競技は、まだ運動会が十月に開催されていた頃のハロウィンリレーの名残で、各々準備してきた仮装姿で走ります。みなさん楽しみながら、張り切って応援してください！〟

だが、実際は違った。

今年は例年なら午後いちにある応援合戦の団長に推薦されるも、充功が「万がいちにも喉を痛めたら困るから」っていう理由で断った。

そこでお友達らが「充功を目立たせたいだけなら演舞に替えて、センターにしたらいいんじゃない？」って提案をしたことで決まった。

しかも、「それなら学年全員でやりたい」って充功が言ったものだから、三年生全員で踊ることになったが、そもそもは応援枠だったから、競技枠ではなかったんだ。

（こんなことなら、もっときちんとしおりを見ておくんだった。うっかりしてた）

そうしてアナウンスが流れると、一言では説明できないくらい、いろんな格好をした三年生が入場した。

要は、お笑い要素を含んだ息抜き的な種目（その分コスプレによる特別加点がある！）

なんだが、入場ゲート近くにいた俺は、最近見慣れてきたモモンガが通り過ぎていくのを見て絶句した。

（充功⁉）

そう言えば、仮装だかコスプレをどうしようなんて相談は、一度もなかった。

充功も何にしようかぐらいは考えていたんだろうが、いざとなったらうちにはバラキエル様の衣装がある。改めて用意することもないから、言わなかったんだろう。

けど、だからって、ここでモモンガ⁉

アンカーなのに、モモンガ⁉

「きゃ～っ！　兎田くん可愛い！」

「兎田くん、モモンガでもカッコイイ‼」

でも、年頃の女の子たちからすると、モモンガでも歓声が上がるようだ。

それも大半が見学に来た子たちからだ！

（まさか――ね）

俺はこの時点で、ちょっと不安になった。

いつになく、見学に来ている子が多い気がしたのは、充功目当てじゃないよな？　って。

（あ、始まった！）

でも、それより今は競技だ。

どんな姿をしていても、やっぱり中学三年生のリレーとなったら、見応えがある。

（みんな早いな――けど、ここは可笑しさ優先なんだな。ダンボールで作ったロボットのコスプレとか、お揃いのネコの着ぐるみ衣装とか、すごい力が入ってる！　やっぱり加点狙いなのかな？）

俺は夢中になって見てしまった。

そうして、リレーも大詰めだ。

（四位か――充功、頑張れ！）

バトンが最終走者の充功に渡る。

が、ここでアナウンサーにも、何かスイッチが入った⁉

〝あ――モモンガ、早い！　しかしモモンガ、そのヒラヒラで自ら空気抵抗を生み出しているが、大丈夫なのか？　あ――すごい！　あっと言う間に四番手から二番手に上がった！　一番、馬頭が逃げる！　モモンガ追いかける！　飛ぶように早いぞモモンガ～っっっ‼　あ、ここで馬の首が折れた！　モモンガ追いついた！　一着、モモンガ強い！　モモンガ最強～っ‼　馬、惜しくも二着～っ！　折れた首は大丈夫なのか～‼〟

最終走者だけはトラック一周、二〇〇メートルを走るんだが、後半は二人の争いになった。

けど、逆にそれが可笑しくて——。

「ぶっ！　うっはっはっはっはっ!!」

大爆笑と大歓声が起こる中、俺はその場にしゃがみ込んだ。

充功のモモンガはもう見慣れていたけど、そこで争っていた馬の頭をつけた子が可笑しくて。なんで、同じ馬ならもっとフィットしそうなかぶり物にしなかったのか？

彼が被っていたのが、首の部分に顔が出るような、馬の顔が頭の上に来るような首長タイプのものだったから、それこそ空気抵抗に負けたんだろう。

途中から馬の首が反り返って、そのまま折れちゃったんだ。

（くくくくっ。駄目だ……。俺でこうなんだから、今頃鷹崎部長、生きてるかな？　カメラを落としてないといいけどっ……）

アンカーなら勝ちに行くようなコスプレ（それこそモモンガみたいな着ぐるみのほうがまだ走りやすい）を選んでもいい気がするのに、どうしてこうなった!?

やっぱり加点狙いなの？

「あっはははははっ！」

お腹が捩れるほど可笑しくて、俺は側にいた誰かのお父さんに心配された。

けど、そのお父さんも笑いながら「大丈夫?」って聞くもんだから、余計に収拾がつかなくなる。そこへ「うちの馬息子がすみません。私の作りが甘かったばかりに――」って付け加えられたものだから、追い打ちだ。

(馬息子っ！ それもあの馬の頭、お父さんの手作りとか――うっはっはっはっ！)

俺は本気で泣き笑ってしまった。

当然のことながら、お昼休憩でみんなのところへ戻ったときには、馬の首が折れたことや、充功のモモンガで大はしゃぎだ。

しかも、

「モモンガみっちゃん、すげえ速かった！ お馬さんも壊れちゃったけど、早かった！ね、隼坂くん」

「うん。どっちもすごかったね、武蔵くん」

お昼には合流していた隼坂くんには武蔵が、

「隼坂くんのお父さん。モモンガみっちゃん、すごかったでしょう！ あ、あのモモンガは、みんなお揃いなの。お父さんも寧くんも双葉くんも、僕たちもみんな持ってて、一緒に着てモモンガしたの。ね、きららちゃん」

「うん！ ミカエル様のお友達が、みんなで着てねって、作ってくれたんだよね。だからパパや鷲塚さん、お隣のおじいちゃんおばあちゃんもお揃いで着たんだよね〜っ」

「そ、それは楽しそうだね。くくっ。そう――。お父さんたちやお兄さんたちまでモモンガなんだ。亀山さんたちはともかく――、鷹崎さんや鷲塚くんまで……くっくく」

隼坂部長には樹季ときららちゃんが、

「みっちゃ、びゅーんよ！　ねー、ほんちゃっちゃ」

「本当だね。すごく早かったね」

そして、本郷常務には七生が完璧な接待!?　をしていて――。

途中、すごい暴露話が混じっていたような気はしたが、それより何よりやっぱり本郷常務がデレデレなのに目が釘付けになった。

俺が挨拶をしても、まるで仕事モードにはなれなかったようで――。

もちろん、休日に遊びに来ているのだから、それに越したことはない。

俺も鷹崎部長たちもそのほうが気が楽だけどね。

ただ――。

(それにしても、あの人は誰だろう?　本郷さんや充功の知り合いなんだろうけど)

ランチシートで和気藹々の場には、初めて見る三十代半ばくらいの男性がいた。

大きな荷物を脇に置いて、ちょっと緊張気味で、お祖母ちゃんに「どうぞ召しあがって」

って、おかずを取り分けてもらっている。

「本郷さん。わざわざありがとうございます。フォーメーションのアイデア、すごく助かりました。みんな、さすがプロ！　って、大喜びで」

え!?　充功は今回の演舞にプロの手を借りたのか！

何か御礼はしたんだろうな！

「それはよかった。自分で言うのもなんだけど、けっこういい出来だと思うから、今から見るのが楽しみで。それこそ、しっかり撮っておきたくて、うちのカメラマンに頼んで、付いて来てもらっちゃったよ」

しかも彼は、プロのカメラマンさんだった!!

俺は、手にした海苔巻きを落としそうになった。

隣ではすでに獅子倉部長が落としてたけど！

「無茶するな、本郷さんも。すみません。お休みなのに」

「いいよいいよ。話に聞いて、俺も楽しみにしてたから。それに、撮ったデータはあげるから、みんなにも分けてあげて。思い出にしてくれたら、俺も嬉しいから」

「うわっ！　マジ！　ありがとうございます！」

しかも、めちゃめちゃいい人だ。

充功がダンスレッスンに通っている劇団来夢来人で、本当によくしてもらっているのがわかる。

「愛されてるな、充功くんも」

獅子倉部長が、海苔巻きを拾いながら、言ってくれた。

「ますます、にゃんにゃんの舞台が楽しみだな」

「その前に、まずは演舞でしょうけどね」

鷹崎部長が、鷲塚さんが、それに答えながら笑ってくれる。

（本当に、有り難いな。みんな優しくて。みんな、温かくて）

俺は、ますます午後の競技が楽しみになった。

そして、誰一人怪我をすることなく、このまま無事に閉会式まで突っ走れ！　と願った。

エピローグ

待ちに待った三年生の応援演舞・南中ソーラン節は、昼休みを終えてすぐに始まる。

俺は、一度は向かった入場ゲートから、父さんたちがいるだろうシートが敷かれた、校舎側の傾斜へ向かおうとした。

「寧兄！　どうしたの」

すると、充功たちが躍るだろう真っ正面の見学席から、ビデオを構える双葉に声をかけられた。周りの人も、「寧くん、こっち！」「ここ、いいわよ」「早く早く！」と言ってくれたので、お言葉に甘えて、入れてもらう。

一番綺麗に全体を撮れるだろう傾斜の上、校舎前には、すでにカメラマンさんが三脚を立てて構えている。それで双葉や鷹崎部長たちは、四方に分かれて、いろんなアングルから撮ろう、最終的にこれらの動画とプロの動画を合わせて編集しようとなったようだ。

「三年生の保護者は、見やすいところへどうぞって、先生たちが代わってくれたんだ」

「そうか。よかったね。あ、始まる――」

説明もそこそこに、俺たちは入場してきた充功たち三年生をジッと見つめる。

（頑張れ、充功！）

三年生は、全員体操服の上から深紅の法被（はっぴ）を羽織り、深紅の長いはちまきをして、所定の位置へ着いた。こういう競技があるから、学校には何色かの法被が一学年分ずつはある。けど、もともと応援団に選ばれていた子たちは、これが黒の法被やはちまきになり、団長の充功だけはロング丈の黒い法被で、だぼっとした黒の長ズボンもはいている。

多分だけど、充功に団長の証（あかし）、長ランを着せたかったお友達がコーディネイトしたんだろう。充功は、当日の衣裳のことなんて、これっぽっちも口にしていなかったし、なんなら体操着でそのままやるくらいの感覚でいたのが、見ていてもわかるからね。

（みんな、頑張れ！）

そうして足音だけが響いていた校庭のトラック内、所定の位置にみんなが着くと、この場が水を打ったように静まりかえった。

先頭には、充功が一人。

そして、そのすぐ後ろには、やけに持ち手の短い畳んだ団旗を持った男子が二名。

三列目には、各クラスから二人かな？　十名の応援団の子たちが並んで、四列目からは赤い法被の子たちで、一番後ろに大旗を持った子が立った。

そして、団旗を持った前の子の一人、充功の友達の佐竹くんがスッと息を吸い込むと、

「これより希望ヶ丘中学校、三年生による応援演舞を始めます！」

「全員、構え！」

連れの子――よく見たら馬息子くんだ!!――と号令をかけた。

いっせいに子供たちが四股を踏み、利き手を前へ突き出すようにして構える。

膝とお尻が同じ高さになるくらい深い四股だが、この時点で俺はもう充功の姿勢の良さに目が釘付けだ。

（うわっ！　すでに充功がカッコいい！）

声にできない感動のままチラリと横を見ると、双葉の口角がクイッと上がっていた。

やっぱり兄弟だ！　絶対に同じことを考えている。

そうして、南中ソーラン節の三味線の音が響き始めて、俺たちは食い入るように充功を見つめる。

最後尾の大旗が大きく振られる中で、後方列から片手を波のようにゆらす振りが始まり、それが前へ前へと進んでくる。

そして、両手で大きく巻くような振りと、天井に手を伸ばすような振りに入ったところ

で、充功と旗を持つ二人が同時に動き始めてかけ声を発した。

振りにジャンプが入ったところで充功たちが前を向いて、ここから全員揃って踊り始める。と、ここで静まりかえっていた校庭内に大歓声が起こる。

「「「きゃ～～～っ!!」」」

「「「うぉ～っっっ！」」」

（えええええっ!!）

こぶしの利いた〝どっこいしょう、どっこいしょう〟の合いの手が入る中、老若男女入混じりのものすごい声が響きまくる。

踊り出した充功の背後で掲げられた縦120センチ、横180センチくらいの二枚の白い団旗には、それぞれ漆黒の片翼が描かれていた。

それも、布で作られた羽根を一枚一枚縫いつけて作られていたもので。これを前に立つ充功に合わせると、ソーラン節を踊るサタン様が降臨する仕様になっていたからだ。

しかも、団旗を両手で広げた二人が、充功の動きに合わせてそれぞれに振るものだから、漆黒の翼がヒラヒラと揺れて、ラメも着いているのかな？　とにかく、陽を弾いて輝く漆黒の翼が充功一人を圧倒的に目立たせていた。

こんなの俺も初めて見た。大興奮なんてものではない。

しかし、その反面——これでいいのか!?　と不安が起こる。

「マジかよ」

思わず声に出ただろう双葉も、衝撃からビデオを落とさないように必死だ。

俺たちが驚愕するも〝ヤーレン、ソーランソーラン。ソーランソーラン。ハイハイ〟の歌と共に力の入った踊りが進む。

「あれ！　あの団旗‼　美術部と家庭科部の子たちが、毎日放課後に残って、頑張って作ったのよ！」

「家の子も……。陰キャな私だけど、この手で充功くんをこれまでで一番カッコよくするのって。いつも優しく気遣ってくれた御礼にって……、家でも頑張っていて」

——と、ここで俺に場所を明けてくれた、周りのお母さんたちが泣き出した。

俺は充功だけが目立ったことに動揺したが、そうするために努力した子たちがいることを知って、更に驚く。

お母さんたちが発した言葉の内容から瞬時に浮かぶ光景や内容のためか、俺の涙腺も崩壊した。

（充功……。充功！）

そうして全力で踊る子供たちの踊りを見ていくと、二番に入る間奏の途中から団旗以降の列にスタート時のような動きや、フォーメーションの変化が現れた。

一列ごとに一節二節わざとストップポーズが入り、途中で失速しないように呼吸を整える十数秒を設けているのが、肩を上下させている子達の表情から読み取れた。

ようは、これが本郷さんから知恵をもらった部分なのかな？

南中ソーラン節は、とにかく深い四股の屈伸(くっしん)でリズムを取るのが軸の踊りだ。

そこへ網引(あみひ)きや艪漕(ろこ)ぎなどの振りが入る全身運動で、三分半の曲を最初から最後まできっちり踊ろうとしたら、ただただハードだ。

運動やダンスが苦手な子たちには、本当に大変だと思う。

けど、充功としては、そういう子たちが最後まで精いっぱい踊れて、見栄え的にも、みんなが満足するように構成したかったんだろう。

一部の人の振り付けを変えて楽にするんじゃなくて、全員同じでも体力維持できるような。それで本郷さんに相談して――。

（でも、充功だけは休みなし。それも力強く踊り続けるから、後方のみんなも充功に続けみたいになっているのが、見ている側にも伝わってくる）

結果、呼吸を整え直した子たちは、また力一杯動き始める。

でもこれは、普通に動ける子にとっても助かるようなフォーメーションじゃないかと思う。それぐらいきついのが、この南中ソーラン節だ。

「すごい。嘘みたい。運動も踊りも苦手な子なのに。充功くんと一緒に応援団なんて」

「姉さんっ。家(うち)の子もだよ。あんなに――頑張って。こんなの、初めて……。まさか、充功くんたちがここまでしてくれるなんて――っ」

また、俺の側には先日の保護者会で役員に誘った、お母さん姉妹もいた。

そのときに俺も見かけた従兄弟同士の息子さんたちは、勉強はすごくできるけど、運動や踊りは特に苦手なタイプ。

けど、自分たちから進んで、充功やそのお友達に練習を見て欲しいって頼んで、昼休みに一生懸命に自主練習をしていた。

そして、そういう子たちは彼らだけでなく、確か十人くらいいて――。

(あ、そうか！　今回の応援団のポジションは、あのときに自主練習に励んでいた子たちで構成されているんだ！)

そう気付くと、俺は余計に涙が止まらなくなった。

みんな口々に充功を褒めてくれるのは嬉しいけど、そうじゃない。

みんなが充功に協力して、いじめのない過ごしやすい学校生活のために頑張ってきたから、今のこの状況がある。

そして、それを誰よりわかっているのは、充功自身だろう。

気迫のこもった踊りには、その眼差しには、身内贔屓だけど、みんなの気持ちをも背負って踊っているように見える。

（みんな、すごい！　本当に、すごい！　けど、俺は充功のお兄ちゃんだから。誰もが認めるブラコンだから、やっぱり充功を褒めさせて。誇らせて――。充功、最高！）

俺は、三分半の演舞のうち三分くらいは、涙でよく見えていなかった。

でも、それはビデオを撮っていた双葉も同じだったし、周りの保護者たちも同じだ。

そしてこの場にはいないけど、きっと父さんやお祖父ちゃんたちも、同じなんじゃないかなって思った。

それこそ、きっと今日は空から充功を見守ってくれているだろう、母さんもね。

＊＊＊

大歓声の中、応援演舞でいっそう盛り上がりを見せた運動会は、その後の競技にも、みんな力が入った。

特に最後の選抜リレーでは、一年生から三年生までの一クラス男女二名ずつが選出されて走るんだけど、そのアンカーに充功とさっきの馬息子くんがいた。

聞けば、陸上部のキャプテンで、あそこで馬頭を選んでいたのは、最優秀選手賞とコスプレ賞の二冠を目指した結果だそうだ。

ただ、選抜になると、やっぱり学年で上位のタイムを持つ子ばかりが揃うので、一年生女子のスタートから始まるのも、見応えがあった。

徐々に学年が上がり、残り三年男子になったときには、歓声がご近所中にまで聞こえるんじゃないかってくらい響き渡って、双葉も声を張り上げながらビデオを回していたらしい。帰宅前に確認したら、双葉の絶叫に煽られて走らされているような充功の姿が撮られていて、これはこれで大爆笑だった。

結果を言うなら、やっぱり日々走り続けている馬息子くんは早くて、持久力もあって、バトンを受け取ったときには二位だったけど、ゴールは一位。

充功も三位で受け取り、二位でゴールしたけど、あと一歩届かなかった。

それでもゴール後には、馬息子くんと笑い合って、肩なんか抱き合っていたから、青春だな――って、ここでも泣きそうになった。

ただ、充功が言うには、ゴール前で追いつかれた瞬間、馬の首が折れたのを思い出して吹きそうになった。

それが敗退の一番の原因だと言って、本人には「あれはねぇよ」「これから走る度に、折れた馬の、死んだような目が俺を見たのを思い出しそうだよ！」「もう、トラウマだよ！」って言って、絡みつつも笑い合ったらしいが！

（そうか。お父さんが作った馬のかぶり物は、死んだような目をしていたのか！　なんかもう、それさえ加点狙いだったんじゃないかと思える！）

なんだか今年の運動会は、充功の勇姿と一緒に、あの馬息子さんのことが記憶に残りそうだ。

〝それでは閉会式を始めます――〟

でも、俺にとっても、みんなにとっても、掛け替えのない一日だったと思う。

俺は、父さんたちには先に帰ってもらい、最後まで役員仕事をしてから帰宅した。

「すごい！　武蔵くんのお兄ちゃん、カッコよかったね！　真ん中ですごかった！」

「本当にな。大翔も頑張って、一番に。そして常に真ん中に立って、みんなを引っぱっていくんだぞ」

「うん！」

途中、帰って行く大翔くん親子を見かけることがあったが、意気揚々（ようよう）と話す父子の一歩後ろで、俯くお母さんの姿が印象的だった。

大翔くんが純粋な気持ちで充功を褒めてくれたのは嬉しかったが、それを後押しするご主人のほうには、競争意識しかないのが語尾からもわかり、俺の心中がもやもやする。

（この調子で、明日の運動会はどうなるんだろう。士郎はいったい——、いや！　せめて子供たちには、楽しい思い出だけが残るように、俺自身も頑張らなきゃ！）

だが、俺はここで今一度奮起！

今日の運動会が最高の気分で幕を閉じたのだから、この気持ちで明日も！　と決意も新たにしたからだ。

「寧」

「あ、すみません。ありがとうございます」

そうして俺は、すべてが終わったところに合わせて迎えに来てくれた鷹崎部長の車で、帰宅した。

この時点で隼坂くん親子や本郷常務たちは帰宅しており、隣家では父さんや双葉や士郎、鷲塚さんや獅子倉部長、お祖母ちゃんたちが手分けをして、夕飯の支度や明日のお弁当のおかずの仕込み、あとはエリザベスたちの散歩なんかをしてくれていた。

そして、我が家のほうでは——。

「構え！」

「「「おー!!」」」

樹季や武蔵、きららちゃんや七生が、リビングで再生してもらった録画を見ながら、見よう見まねで演舞を踊っている。

「どっこいしょ！　どっこいしょ！」

「どっこいしょ！　どっこいしょ！」

録画を見ながら躍っているのでたどたどしいが、それでも一日外にいて疲れているだろうに、元気いっぱいの笑顔だ。

「ソーランソーラン！」

「はい！　はい！」

（可愛い――――ん？）

ただ、そんな和やかな中。ダイニングでは充功が、あの片翼が描かれた団旗二本をプレゼントされたらしく、包装を解きながら鷹崎部長に見せていた。

「よくわかんねぇけど、今回用だからって記念にくれたんだ。ってか、あいつら勝手に衣装やこういう小物？　みたいなのを用意してて。俺には、まったく知らせてくれなかったんだぜ。しかも、踊ってるときも、周りからは旗が旗がって聞こえてきたけど、演舞のあとには仕舞われていたから、見るの今が初めてでさ。マジで、それってどうよって思わな

「——っ!?」

ブツブツ言いながら旗を広げた充功が、急に双眸を見開く。

その後はすぐに俯いてしまう。

(充功!?)

すると、焦る俺に、鷹崎部長が目で「これを見て」って合図をしてくれた。

視線の先には漆黒の翼のキラキラした部分。

よく見ると、黒い羽根の一枚一枚に一言コメントと名前が、金の糸で刺繍されていた。

俺はラメを塗ってあるんだろうと思っていたが、実は三年生全員から充功に宛てたメッセージだった。一番目立つところには、「全員燃焼！　兎田充功」の文字もある。

おそらく、これが演舞のスローガンだ。

正面から見ていた俺には解らなかったけど、団旗の裏にも力強い毛筆で「全員」「燃焼」と書かれていて、生徒達からもこの文字が見えるようになっていた。

(さっきの、美術部や家庭科部の子たちがって——、これもだったんだ！)

刺繍の部分は、コンピュータミシンを使ってあるけど、それにしたって一学年百六十名分だ。手分けをしたにしても、本当に頑張ってくれたのがわかる。

そして、それをずっと側で見守っていたからこそ、お母さんたちも感極まってしまったんだろう。

この瞬間、俺は充功と一緒に俯いた。

溢れる涙を止められなくて、震える背中を撫でることしかできない。

「すごいサプライズだね。一生の思い出だ」

充功は鷹崎部長の言葉に、ただただ頷いた。

「俺も自慢に思っていいかな、充功くんのこと。こんなに慕(した)われ、愛されている子が、義弟(おとうと)なんだぞ――って」

「！」

そして、一瞬顔を上げたかと思うと、今一度力強く頷いて――。

充功は、鷹崎部長に向かってニコリと笑う。

俺はそんな充功と鷹崎部長を見ながら、声も出せないまま泣き続けてしまった。

(俺も、俺も自慢だよ、充功。そして、貴さんのことも！)

だが、こんな感動が三秒も続かないのも、我が家だ。

「あ！　ひとちゃんが泣いてる!!」

「みっちゃんもだ！」

俺の様子に樹季が気付くと、すぐに武蔵が反応した。

「ひっちゃ！　みっちゃ！」

「パパ！　何したの！」

七生は走ってくるし、きららちゃんはよもやまさかで鷹崎部長を責める！

「え!?」

鷹崎部長の一言に追い打ちをかけられたのは確かだけど、さすがにこれでは気の毒だ。

「違う違う！　これがすごくて、感動したんだよ。ほら、見ろ」

充功が涙を拭いながら、テーブル上に広げた団旗をちびっ子たちにも見せた。

「うわ！　すごい!!」

「羽根にいっぱい〝ありがとう〟って書いてある！」

そこからは笑顔で樹季や武蔵、きららちゃんや七生と一緒にメッセージを読んでいくことになった。

そしてこれらは当然、夕飯時一番の話題となって、俺たちみんなを笑顔にしてくれたのだった。

あとがき

俺の名前はエリザベス。今回は「久しぶりにエリザベスの番外編を書くぞ！」と言っていた日向は、予定より本文をページオーバーしたらしく、かといってあとがきを含めた予備ページも七ページしかないってことで、この場を俺に譲ってくれた。なので俺は、鎌倉へ連れて行ってもらったときの「わんにゃん交流の話」をするか、それとも二日目にじじばばたちが先に帰ってきたときの「三家夫婦の揃って弾けた妄想話」をするか、はたまた「深夜の将棋戦の話」をするかと悩んだ。

――が、どれもこれもページが足りない！

特に深夜まで続いた将棋戦は、動画を撮る充功の側で見ていたが、むむむ――と、空気を読むだけしかできない俺まで唸りっぱなしの接戦だった。

あとで充功や双葉が「あの場に獅子倉さんもいたら、もっと面白かっただろうな」「あ！それ言える。運動会のときに、時間があれば再戦できるのに」なんて、言っていたくらいだ。

なので、このあたりはいつか日向が書くかもしれないから、俺は先週鷲塚さんの車で、じじゃ士郎に狂犬病の予防接種へ連れて行かれた「痛い痛い話」をするワンね～。

そう、あれは七生の前髪が寧のうっかりでパッツンされたあとのこと。行きつけの動物病院へ連れて行かれた俺たちは、そこで隼坂パパに連れて来られたエルマーやテンと合流した。ナイトだけは鷲塚さん家近くの獣医さんで済ませていたのに、わざわざ一緒に来たのは、ここで「お久しぶり～」ってするためだった。俺たち一家五匹だけでもどうかと思うのに、同じ時間帯にサモエド夫婦とチャウチャウ親子がかち合ったものだから、そこそこ大きな病院の待合室が、大型モフモフで大渋滞だ。これには俺もビビった！

だが、各犬の飼い主達は、テンションが上がって写真を撮りまくり！

じじゃ士郎がスマートフォンを持っていなかったからか、「ここは俺が」と鷲塚さんが撮りまくっていたくらい、モフモフ撮影会になっていた。

しかも、数ある犬種の中で、あえて大型犬を選んでお迎えしている飼い主たちだけに、趣味も話も合うのだろう。そこへ、チャウチャウ親子の飼い主の若夫婦・夫さんが「一度、このモフの中に埋もれてみたい」と言ったところから、俺たちは円陣を組まされた。

大小合わせて九匹の大型モフモフだ。大人一人くらいは、すっぽり埋まる。

そして埋もれた若旦那さんがあまりに「幸せだ〜」と歓喜していたからか、そこからはなぜか老若男女が交代で埋もれていった。鷲塚さんやじじに勧められ、エイトに誘われたこともあり、なんと——士郎までこのモフモフ温泉に浸ったのだ。

もう「可愛い！」やら「あらあら、和むわ〜」なんて周りからも言われて、俺やエルマーは眼鏡クイッの士郎を知っているだけに、うんうんと頷いてしまう。

鷲塚さんバージョンもなかなか見応えがあったが、ここで一番べったりしていたのはナイトだ。本当に鷲塚さんが大好きで甘ったれだ。

そうして最後は、「俺もいいかな？」なんて言って獣医先生まで！

そらもう、ゆるふわ和やかなんてものではなかった。

だからといって、注射チクンの痛さがなくなるわけでもなかったが！

ちなみに俺たちが帰宅した頃には、七生の前髪はパパさんによって直されていて、武蔵達も床屋さんが済んでいた。

まさかそこから急に鎌倉行きが決まるとは思わなかったが、本当に楽しかったワン♪

なんて、思いに耽っていたときだった。

（ん？）

俺は、座卓で晩酌がてら睨み合っているきららパパと日向の存在に気がついた。

（あ、そういうことワンね）

俺にあとがきを譲った理由は、この対談のためもあったのだろう。

題材は察しがつくワンよ。俺はそろそろと二人に近づいて、聞き耳を立てる。

「とうとう、何の記念でもない本からまでラブシーンを抜いたな」

「あんたが将棋してたんじゃん。こっちは双葉と一緒に､江の島デートまで考えてたのに」

「いや、将棋はお前がさせたんだろう！　変なごっこ遊びの動画まで撮りやがって！」

「知らんがな。病院ごっこなんて、あんたが抹消した豪遊動画よりマシでしょう。それに、あれはきららたちがやり始めたことであって。子供ってそういうもんでしょう」

――やっぱりな！

日向はこの話のすべてを担っておきながら、時々「だってキャラたちが勝手に動くから～」って、俺たちのせいにする。が、ここは颯太郎パパも似たようなことを言っていた。

「むしろ、勝手に動き出したときがキャラ立ちなんだよ」とかなんとか……本当か!?

どの道これに関しては、俺も「知らんがな」だが――。

「子供のせいにするな。大体、それとラブシーンは別だろう。これはセシル文庫だ、コスミック文庫αじゃない！」

すると、きららパパが真っ向から正論を叩きつける。

「だから、初めてのご飯から一周年記念エピとか入れたじゃないか。それにこのシリーズに関しては民主主義に則(のっと)って、ちびっ子の笑顔が最優先なんだよ。楽しいゴールデンウイークをって考えたら、ページが……モニョモニョ。それに、この一週間のスケジュールはパンパンだ。そこへしーしーが久しぶりに帰国だ。ページ配分的には、そっちに焦点を当ててやらんと可哀想だろう」

しかし日向のほうも、そう言われるとそうワンね――ってことを返した。

確かにしーしーは久しぶりの帰国だ。七生もすごく楽しみにしていた。

本当、充功の運動会に間に合ってよかったワン。

だが、これればかりは結果オーライではないのだろう。

きららパパはお酒の入ったグラスを片手に、見るからにムキッとしている。

「だったら何事もなく帰国させてやれよ。なんなんだよ、いきなり契約農場の買収だとかサステナブルだとか。しかも、カーンザのどこが民主主義だ、読み手の何人が知ってると思ってるんだ。キビやキヌアとわけが違うだろう」

「いや、だからこそ！　大企業勤めのリーマンBLとしては、サステナブルな話や緊張感も必要でしょう。何より私は、あんたや獅子倉を〝肩書きだけの管理職〟としては書きたくないし。それに、なんだかんだで〝働く部長が大好き！〟なのが寧だろう」

二人でガルガル始めたが、カーンザって何ワン？

サステナブルって、ブルドックの新種ワン？

「だったら尚更、支社長にガーガーやられながらも徹夜で頑張った俺に、寧からの愛情という褒美があってもいいだろう。少なくとも俺にわかる形での愛情が！」

「――初稿で二七八回」

俺が頭を抱えていると、とうとう日向の目が据わった。

ガン！　とグラスを座卓へ置く。

「あ？」

「だから、初稿で二七八回。これが恋する寧の一人称ストーリーで〝鷹崎部長〟と声に、脳内に出てきた回数だ。充功や七生よりもダントツに多い！　それこそ仕事より何より、どこにいても誰といても〝鷹崎部長〟だ。もう〝た〟と打ったら〝鷹崎部長〟と変換候補が出るくらい、私のPC設定からハードディスクの中まであんたの名前だらけだ！　これこそが目に見える、形ある愛情の表れじゃないのか！」

「――っ」

よくわからんが、きららパパが黙った。こういうときの日向は感情ではなく理詰めでいく士郎の生みの親だ。特に営業系キャラは数字で押さえ込めが身上らしい。

「本人がそこに居るか居ないかは別として、寧の脳内は常に鷹崎で回ってるんだからこのシリーズとしてもBLとしてもOK！　異論があるなら、次からあんたの名前回数を半分にしてやる。なんなら鷲塚や獅子倉、境の名前で埋め尽くしてやるっ！　ふんっ!!」

こうして肝心な「今回ラブはどこへ行った!?」話はうやむやにされた。

一冊中に〝鷹崎部長〟が二七八回って、どんなサブリミナル効果ワン!?

とはいえ、巻数が増えたら増えたで、いろんな書き方や演出を模索(もさく)していくうちに、今回みたいなこともあるんだろう。

それでも、朝チュンならぬ寝顔チュウで走り抜けた日向でさえ、挿絵指定に馬息子が入ってきたことには「何をしても勝てる気がしない！」と、担当さんにひれ伏していた。

しかも、モモンガだけでも土下座物なのに、馬息子まで描くことになってしまったイラストのみずかね先生には、いつもながら謝罪と感謝しかない!!

本当にいつもわけのわからん世界を生き生きと描いてもらって嬉しいワン！

そして、読んでくれているみんなにも、改めて「ありがとう！」ワンよ！

――ってことで、次回は武蔵と七生の運動会だ。

みんなで元気いっぱい頑張るから、また会おうワンね～♪

セシル文庫をお買い上げいただき、ありがとうございます。
この本を読んでのご意見・ご感想・ファンレターをお待ちしております。

☆あて先☆
〒154-0002　東京都世田谷区下馬6-15-4
コスミック出版　セシル編集部
「日向唯稀先生」「みずかねりょう先生」または「感想」「お問い合わせ」係
→Eメールでも OK！ cecil@cosmicpub.jp

セシル文庫

上司と婚約 Try² ～男系大家族物語23～

2023年10月1日　初版発行

【著者】　日向唯稀
【発行人】　佐藤広野
【発行】　株式会社コスミック出版
〒154-0002　東京都世田谷区下馬 6-15-4
【お問い合わせ】 -営業部- TEL 03(5432)7084　FAX 03(5432)7088
-編集部- TEL 03(5432)7086　FAX 03(5432)7090
【ホームページ】 https://www.cosmicpub.com/
【振替口座】 00110-8-611382
【印刷／製本】 中央精版印刷株式会社

乱丁・落丁本は、小社へ直接お送り下さい。郵送料小社負担にてお取り替え致します。
定価はカバーに表示してあります。

ISBN978-4-7747-6497-9 C0193

セシル文庫